サラリーマン・ノブやんの奮闘記

天国と地獄編

村松伸哉
MURAMATSU Nobuya

文芸社

はじめに

前著『サラリーマン・ノブやんの奮闘記』の「青春編」が世に出てから、有難いことに色々な方々からの反響をいただきました。へなちょこのサラリーマンの物語に勇気づけられたという感想もありました。正直、嬉しくて感謝の気持ちで一杯です。

さて、近い将来において、日本及び世界の政治・経済はどう変化していくのでしょうか。コロナの影響やロシアのウクライナへの侵攻で大きく変わった世界は、これからどこへ向かっていくのでしょうか。

変動の最中でありますが、我々にできることは今の立場・環境の中で、懸命に日々の生活努力を続けることであると思います。そしてそういった生活努力を地道に続けることが、各々の人生に最良の結果をもたらすと、ノブやんは信じます。

前著で予告させていただいたとおり、このたび続編として、「天国と地獄編」を世に出すことになりました。ノブやんなりの、サラリーマンとしての生活努力の軌跡です。

この「天国と地獄編」は、34歳でニューヨークから帰国し、サラリーマン人生において天国と地獄を経験したことを中心に物語が進みます。その経験の後、46歳で長年勤めた生命保険会社を退職し、そして思い切って居酒屋業界に転職、その後48歳で転職先の居酒屋を退職するまでの、へなちょこサラリーマン人生を綴っています。

「天国と地獄編」では、次のとおり順を追ってお伝えしていきます。

1. ニューヨークから帰国後に東京での法人営業の仕事に3年間従事

【ノブやん流のやり方で頑張って営業に励みました】

2. その後オーストラリアの現地法人の社長として栄転、2年半シドニーに勤務

【プール付きの豪邸に住み、社長の立場で自分の思うとおりに仕事をし、私生活を楽しみ、この二回目の海外勤務がノブやんにとって、「天国」でした】

3. 帰国して国際業務部門に戻り、国際業務課長として国際業務を差配

【海外拠点の統括の立場でした。海外トレーニーや留学生の派遣や、海外企業のM&

Aも推進しました】

4. 東京本社の総務課長となり、触れたことのない世界を垣間見るが、6か月で左遷
【総務課長の立場で取締役他上司と対立し、結局6か月で大阪に左遷させられます。
これがノブやんにとって、サラリーマンの出世の道を絶たれ、どん底に落とされた
地獄編となります】

5. 左遷先の大阪の法人営業部門で一兵卒として法人営業に3年間従事
【部下もなく、一人で何でもこなして成績を挙げなければなりませんでした……】

6. 京都転勤となり、多くの個人保険営業員を抱える京都支社の法人業務に1年間従事
【一人で何役もこなさなければならず、成績のプレッシャーも重なり、鬱状態でした】

7. 家族の待つ東京に戻してもらえず、24年半勤務した生命保険会社を寂しく退職
【最後は本当に寂しく一人で生命保険会社を離れました。今でもこれで良かったのか、
回答が出せません……。しかし、社会人として一から育ててもらった会社には今は
感謝のみです】

8. 全く業種の異なる居酒屋業界に飛び込み、貴重な経験を積む
【厳しい労働条件の中勤務し、店舗で昼夜逆転の接客業務も経験しました。一代で会

社を大きく強くされた創業者には敬意しかありません】

転職の頻度については、前著でもお伝えしましたが、生命保険会社を退職後は転職癖がついたかのように結局9回も転職してしまいました。

新卒として生命保険会社に入社し、24年半勤務

1回目：居酒屋チェーン
2回目：外資系不動産金融会社
3回目：上場Jリート（不動産投資法人）の運用会社
4回目：外資系不動産投資運用会社
5回目：別の上場Jリート（不動産投資法人）の運用会社
6回目：不動産私募ファンドの運用会社
7回目：新たな不動産私募ファンド立ち上げのために設立された会社
8回目：6回目の不動産私募ファンドの運用会社に出戻りの転職
9回目：別の独立系不動産私募ファンドの運用会社

会社を転々とする間、自宅（マイホーム）も次々買い換えをし、今の自宅は6軒目です。
購入したマイホームは全て新築での購入でした。
最初の自宅：東京都港区三田の木造一軒家
2軒目：東京都文京区本駒込の中層マンション
3軒目：東京都文京区本郷のコンクリート造一軒家
4軒目：東京都港区赤坂のタワーマンション
5軒目：東京都港区元麻布の低層マンション
6軒目：東京都港区高輪の低層マンション

転職を繰り返しながらも、資格にチャレンジし、中小企業診断士とCFP（Certified Financial Planner）の資格を取りました。その中でも、中小企業診断士は1次試験、2次試験に合格後に、更に実務補習で実際の企業の診断（原則3社の診断）を行って、それを修了して初めて資格を得ることができます。1次試験及び2次試験は合格するまで大変でした……。仕上げの実務補習は1社毎に2週間かけて5～6名のチームで担当する企業の診断を行い、数十ページに亘る診断報告書をチームメンバーで打ち合わせして作成するのです。そして担当した企業の社長さんに完成した診断報告書を基に診断結果と経営アドバイスについてプレゼンを行います。それで初めてその会社の実務補習が修了するのです。診断期間中は平日3日ほど有給休暇を取って担当する企業の経営陣宛のヒヤリングや店舗の視察を行います。そのためにメンバーで集まる必要があります。また、2週間の診断期間は会社から帰宅後の夜に各自の担当部分の報告書を作成し、土日にも集まって報告書のまとめを行います。この資格取得は本当に大変でしたが、知識・経験そして力がつきました。

ノブやん、経営指南する自信が結構ありますよ！

度重なる転職、マイホームの売買そして資格へのチャレンジについては、この「天国と地獄編」の続編として予定する「流転編」にて詳しく綴っていきたいと思います。

また、マイホームの売買で結果的にかなり売却益を上げたことについて、並行して行った収益マンションの売買についても触れながら、お話をさせていただく予定です。過去の確定申告時の書類をひっくり返しながら、できるだけ具体的な数値を出して売買手法をお伝えしたいと考えています。

本書は回顧録ですので、基本的にノブやん（私）が経験したことを綴っていますが、記憶違いや数値の覚え間違いもありましょう。よって、本文の内容に関する正確性や真実性については何ら保証するものではありません。この点、悪しからずご了承願います。

「青春編」に続き、「天国と地獄編」についても、楽しみながら一気に読んでいただければ嬉しいです！

人生山あり谷ありの「ノブやん」の身の上話を、どうぞリラックスしてお楽しみ下さい！

目次

はじめに　3

第1章　ニューヨークでの投資活動から東京での法人営業へ！ —— 15

①法人営業のスタート！　16
②成果とは……　20
③いざシドニーへ！　22

第2章　ああ、天国への道程と生活！ —— 23

①シドニーの社宅は大きかった！　24
②我が妻は大の爬虫類嫌いなのです……　26
③現地法人の社長としての決断　28

④さて、オーストラリアの不動産をどうするか　30
⑤戦うために周りのプレイヤーを替える！――弁護士編　32
⑥戦うために周りのプレイヤーを替える！――不動産コンサルタント編　35
⑦世界で一番美しい街　パース！　37
⑧やはりリターン（収益）を伴わないお金は使えないよ……　39
⑨次はオフィスのパフォーマンスの向上だ！　42
⑩悲しい出来事　その1　45
⑪悲しい出来事　その2　47
⑫シドニーでの生活と雑感　49
⑬会社の社宅をオークションで売却！　52
⑭エアーズロック（ウルル）への登頂　56
⑮色々な方々とのお付き合い　58

第3章　地獄の門前の静けさ　61
①シドニーからの帰国　62
②国際業務部門への異動　64
③若手人材も色々ありました……　66
④ああ、VIP（重要人物）の海外出張　68
⑤ああ、息子の学校変遷経験　70
⑥岐路でもあった、国際業務課長時代のヨーロッパ出張　73
第4章　地獄の門を潜ってしまった……　77
①え？　総務課長になる？　78
②マイホームを買うということ（1軒目）　81
③総務課長のミッション：反社会的勢力との対決　84
④総務課長のミッション：プライベートな問題　89

⑤青臭い正義感からの進言　92
⑥青臭い正義感からの接待交際費チェック　95
⑦左遷……　97

第5章　さらば愛しの生命保険会社！――99

①大阪での法人営業の仕事　その1　100
②大阪での法人営業の仕事　その2　102
③左遷の傷は癒えないのか……　106
④京都支社での活動開始　108
⑤単身寮から京都市内のマンションへ　110
⑥京都支社での積み上がる仕事量　111
⑦早期定年退職の選択！　113
⑧誰にも相談せずの身勝手な退職決断　116
⑨京都の支部のこと　118

⑩さらば京都、そして新たな旅立ち！　120

第6章　次の舞台へ　123

①厳しい転職活動　124
②いざ居酒屋業界へ！　126
③えーーー！　そんな勤務体系は聞いてないよ……　128
④やんちゃな過去を持つ人々　130
⑤居酒屋の総務本部での仕事　131
⑥夜と昼の逆転生活はつらいよ……　133
⑦居酒屋で懸命に働く若手は偉いよ、捨てたもんじゃないよ　136
⑧折角一緒に乗船し船出したのに、みんな辞めてしまった……　138
⑨追い抜かれていく悲しさと、それでも歩み続けること　141

第 1 章

ニューヨークでの投資活動から東京での法人営業へ！

①法人営業のスタート！

ニューヨークでの不動産投資運用の仕事を終え、日本に帰国し、今度は大手企業に対する総合的な法人営業の部門にノブやんは配属となりました。

その部門では、旧三公社*グループ（ＪＲ東日本、ＮＴＴ、ＪＴの各グループ）と某財閥系企業を横断的に担当していました。

ノブやんは旧三公社グループのうち、ＪＲ東日本、ＮＴＴグループ及び某財閥系グループを1社担当させてもらいました。

＊旧三公社とは、民営化前の公共企業体で、日本電信電話公社（今のＮＴＴグループ）、日本国有鉄道（今のＪＲ各社）、日本専売公社（今の日本たばこ産業〈ＪＴ〉）を指します。

総合法人取引担当なので、株式の政策投資、融資、営業支援の三つの視点から対企業窓口として活動し、結果として顧客企業から企業年金や企業保険の新規契約を頂戴したり既存契約のシェアアップ（受託比率の増加＝保険金額の増額）を狙う部門でありました。
正直、どういう営業活動をしたら良いのか、全くわかりませんでした。
上司の部長からは、「Give & Takeとよく言うけれど、それも考える必要はない。ただ、Give & Give、顧客の望むところを提供し続け、何とか役立つべく活動せよ。そういった活動を続けていれば、保険や年金は後から顧客が気を遣って配慮してくれる」という趣旨の訓示を受けました。それだけです。

とにかく頻繁に企業に出入りしました。しかも、保険や年金に関わる部門だけではなく、色々な部門にも顔を出しました。当時はセキュリティがまだまだ甘く、旧三公社に関しては部長級の人の机の前まで勝手に入って行くことができたのです。

保険や年金の提案やお願いをするのではなく、各種情報を収集しては、その提供をするために企業に通いました。特に米国のワシントンＤＣ在住のコンサルタントからの米国の旬な政治の動きの週刊レポートを特殊なルートからＦＡＸで入手できたので、ほぼ毎週、そのワシントンDCレポートをたくさん印刷して、各企業のキーパーソンにお届けしました。その際に、仕事に関する話があれば、さらっとするという営業スタイルをノブやんは取りました。それが当時のノブやんのできる営業スタイルでした。

またビジネスランチ（打ち合わせランチ）は顧客のキーパーソンと何度もセットしました。先方の事務所近くのホテルのレストランでランチをしたことが多かったように覚えています。

また、某財閥系企業に対しては、事務所内へは入れなかったので、定期的におやつの差し入れをしました。夏は先方の課の全員に行き渡る数のアイスクリームを買って、遅い午後に差し入れに行くというパターンを取りました。冬場はケーキの差し入れが多かったな。

当然、企業年金や企業保険に関する必要最低限の提案書やお願い書は作成して、正式なアポを取ってお願いに参上しました。でも、残りの活動は基本的に「Give & Give」の継続でした。

営業マンはそれぞれの独自の営業スタイルがあります。それぞれのスタイルがその営業マン独自のものであり、それなりに正解なのではないか、と思います。
当時のノブやんとしては、「Give ＆ Give」営業スタイル以外のやり方はできませんでした。

3年間やりました。

②成果とは……

営業の世界で仕事をする限り、当然のことながら成果を求められます。

個人保険の世界では、ノブやんが生命保険会社に入社した頃は週に2回の締め切りがあり、成果を集計して支社全体に通知していました。

法人営業の世界では、本来は毎月成果発表がありましたが、アメリカから帰国後にノブやんが配属になった部門では、担当する企業が大企業ばかりで、毎月成果が出るわけではありませんでした。

よって、基本的に長期戦。企業保険や企業年金の新規導入やシェア（受託比率）変更の時に何らかの成果を上げるというものでした。

さて、ノブやんが担当させていただいた某財閥系の化学関連企業さんでは企業保険のシェア変更がありました。ノブやんは地道なGive & Giveを続けた結果、先方の財務課長さんに配慮していただき、株や融資の実績に基づく本来のシェアよりも大きなシェアをいただくことができました。つまり、シェアアップが実現したのです。

また、ノブやんが担当させていただいた旧三公社のうち、某グループでは企業年金の新規導入がありました。

本来の株・融資・営業支援（発注）実績に基づいた算出ではx％のシェアでしたが、シェア決め会議の際の当時の先方の年金の窓口の部長さんの「あの生保の担当者が一番足繁く通ってきているではないか」のひとことで、ノブやんの会社のシェアが０・２％上がり、x％＋０・２％になりました。

この顛末は後日窓口の課長さんから聞きました。嬉しかったです。有難かったです。

たった、０・２％のアップですが、当時、30万人のグループ従業員を抱える大企業です。絶対額としては大きな成果であったと思います。

３年間は自分なりに色々試行錯誤しながら営業活動を続けました。

結果に対しては、やるだけやったので悔いはありませんでした。

③いざシドニーへ！

難しい営業テクニックはわからなかったので、上司に言われたとおりGive & Giveを続け、なにがしかの成果も出たからでしょうか、当時の上司からノブやんは高い評価を付与していただきました。有難いことです。

お陰様で、ニューヨークから帰国後3年で、今度はオーストラリアの資産運用現地法人（ノブやんの勤務する生保の海外子会社）2社の社長として、シドニーに赴任することになりました。1社は有価証券投資の現地法人で、もう1社は不動産投資の現地法人です。

1994年の4月の異動でシドニーの現地法人事務所に着任しました。

北半球から南半球の国への旅立ちでした。ノブやん37歳の春でした。

シドニーでは2年半の勤務でした。この南半球の街での仕事と生活について、お話ししたいと思います。大きな家にゆったりと住み、生活も充実し、仕事も好きなようにさせていただきました。ノブやんにとって、サラリーマン人生の天国でした。

第2章

ああ、天国への道程と生活!

①シドニーの社宅は大きかった！

シドニーには最初から家族帯同で着任しました。

正式な着任の前に、引き継ぎでシドニーの事務所を訪れてはいましたが、社宅へは着任時に初めて訪れました。

ノブやんは、勤める生命保険会社の有価証券投資現地法人と不動産投資現地法人の二つの会社の社長として着任しました。

37歳、若年の現地法人社長でした。

社宅は現地法人が社長社宅として購入したもので、キラーラ（Killara）という、シドニーの中心地からは北西に15キロほど離れたところの閑静な高級住宅街にありました。

その社宅が広かったのです。敷地は１０００㎡（３００坪）あり、建物は古い木造２階建てでしたが、ビリヤード兼書斎部屋が離れにあり、バーベキュー小屋があり、プールがあるという豪邸でした。何故かトイレは五つもありました。

ただ、緑に囲まれており、庭にはブルータン・リザード（青舌トカゲ）という大きなトカゲが顔を出し、プール付近にはレッドバック（セアカゴケグモ）という毒蜘蛛がおりました。極めつけは天井裏にポッサムという、ネズミとタヌキを掛け合わせたような中型の有袋動物ファミリーが棲み込んでいたことです……。

南半球の自然は侮れませんでした……。

②我が妻は大の爬虫類嫌いなのです……

ノブ嫁は何故か虫が大嫌いです……。

特に爬虫類は見ただけで大騒ぎになります。

しかも爬虫類の気配が人一倍わかるのです。


キラーラの社長社宅に初めて入る時、「ここは何かがいる」「いた！　ギャー！」……。

そうです、その時トカゲが彼女の目の前を横切ったのです。

自然豊かなシドニーの郊外住宅街、そこは動植物の宝庫でもあったのです……。


北半球と南半球は動植物の種類が違うことが比較して住むとよくわかります。

まずオーストラリアに棲む動物には有袋動物が多くいます。

カンガルー、コアラ、ポッサム……全ておなかにポケットが付いています。

鳥も種類の差を感じます。ノブやんの感じでは、南半球の動物や鳥は北半球のそれより可愛いです。ただ、犬やネコには差を感じなかったですが。

しかしながら、家の庭にブルータン・リザードという舌の青い大きなトカゲが棲んでいたことには本当にびっくりしました。

虫やネズミを食べてくれるので、オーストラリア人（オージー）は好意的に見ているとのことでしたが、日本人には本当に「何故ここにいるの⁉」という感じです。

爬虫類が敵のノブ嫁にしたら、「トカゲ！　奴らはこの地上から消えてーーー！」です。

でも「郷に入っては郷に従え」——自然豊かなオーストラリアでの生活が始まったのです。

③現地法人の社長としての決断

ノブやんが、有価証券投資現地法人と不動産投資現地法人の二つの会社の社長としてシドニーに着任したことは先に申し上げたとおりです。

二つとも小さな会社でしたが、37歳の若き社長として自分なりに使命感を持って着任しました。

まず有価証券投資現地法人は、保有していた株を全て売り切り、当面オーストラリアの国債のデイトレーディング（1日のうちに売買を繰り返す）で収益を積み上げることとしました。正直に言って、オーストラリアの株や債券のマーケット規模は世界的に見て小さなものでした。この小さなマーケットでポートフォリオを組んで（多数の銘柄を購入してバランスを取って資産構築することで）収益を上げる勝負をしようとしてもあまり意味がないのではないか、と考えたのです。

その資金があれば、マーケットの裾野が広い欧米での投資に回すべきではないかと考えたのです。

債券マーケットでも、当時、世界の債券市場におけるオーストラリアの市場のシェアは１％程度だったのです。

外国債券投資なら、勝負するのは欧米の債券市場であって、オーストラリアの市場ではないと考えたのです。

よって、若き新社長としての答えは、オーストラリアでの有価証券投資からは撤退、つまり保有する株・債券資産は全て売却して現金化し、有価証券投資現地法人を清算するという方針に至ったのです。そして、粛々と現地法人の清算へ向け手続きを進めたのです。

そうなると、残るのは不動産投資現地法人です。まず経営方針を決定したのです。

④さて、オーストラリアの不動産をどうするか

ノブやんが社長となったオーストラリアの不動産投資現地法人では、二つの不動産を保有していました。

一つはオーストラリアの西にあるパースという都市の○○○○パースホテルです。

もう一つはシドニーの中心部にある□□センターというオフィスビルでした。

両物件共に現地法人が１００％の所有権を持っていたのです。

これらの不動産物件をどうするか、不動産投資法人自体をどうするか、ノブやんは決断しなければなりません。次の三つの選択肢を考えました。

（1）オーストラリアで不動産投資を継続して行うべく腰を据えてやる

（2）新たな投資もせず、売却もせず、今の物件だけを保有し続ける

（3）売れるうちにうまく売り抜けてオーストラリアから撤退する

ここでのノブやんの決断は、（3）の「うまく売り抜けてオーストラリアから撤退する」でした。

オーストラリアは住みよい素敵な国です。街も安全で、食べ物もワインも美味しい国です。

現地法人の社長として、この国でできるだけ長く駐在して生活を楽しもうと考えるならば、選択肢は（1）か（2）です。しかし、ノブやんは何故か結構潔いのです。勤める生命保険会社のことを考えると、今のうちに不動産をできるだけ高く売却し、回収した資金を本国に返し、本国で別の投資にその資金を使ってもらうのが一番良いと判断したのです。

さて、大きな不動産をどのように売却していったのか。まず、周りのプレイヤーの交代を考えたのです。

⑤戦うために周りのプレイヤーを替える！
――弁護士編

現地法人で使っていた弁護士事務所は大きな組織でしたが、案件に対して優秀なパートナーが一人で対応してくれるのではなく、チームで対応していました。つまり、パートナーがいて、その下に担当弁護士、アシスタント弁護士、パラリーガル（弁護士の補助役）といった部下がつくのです。

そして一つの案件に複数の人間が関与して時間でチャージされるので、弁護士費用が高くついてしまうのです。

ノブやんはこの弁護士費用をカットするための方策を考えました。

結論は、弁護士事務所を大手事務所から優秀なユダヤ人の弁護士が実質一人でやっている小粒の弁護士事務所に替えたのです。

結果は、弁護士費用が削減され、かつ案件終了までのスピードが速まったのです。

カラクリはこうです。

大手弁護士事務所の場合：

（１）担当弁護士、アシスタント弁護士、パラリーガルは一緒になって、案件に対応する

（２）パートナー弁護士に比べて物事がさばけないので、結論が出るのが遅く、かつ仕上がりの質が劣る

（３）最終的にパートナー弁護士の確認が入るが、見落としもある

（４）上述のとおりなので、時間がかかりトータルの弁護士費用が嵩んでしまう

ユダヤ人の弁護士事務所の場合：

（１）時間給は高いが、一人で全て対応してくれて、結論が出るのが速く、かつ仕事の仕上がりの質が高い

（２）結果、大手弁護士事務所に依頼するよりも、トータルの弁護士費用が大きく削減可能

後に述べますが、この弁護士事務所の変更で、有能な弁護士を味方につけて、不動産物件の売却を有利にスムーズに進めることができたのです。そして次は不動産コンサルタントです。

⑥戦うために周りのプレイヤーを替える！——不動産コンサルタント編

パースの○○○○○パースホテルと、シドニーの□□□センター（オフィスビル）の二つの保有物件のうち、まず○○○○○パースホテルをできるだけ高値で売却しようと考えました。

そのためには、ホテルのことがよくわかる真面目なコンサルタントをつけたいと思いました。

新たに顧問とした弁護士に、有能でホテルに強い不動産コンサルタントの紹介を依頼したところ、ホテルに強く不動産コンサルタント業務も行っている会計事務所の紹介を受けました。

面接したところ、経験豊かなパートナーが担当者で、会計士なりの真面目さ・誠実さがあり、ホテル運営のノウハウや数値にも強く、気に入りました。

また良かったのは、報酬はブローカー（仲介業者）のような成功報酬ではなく、基本的に時間×時間給の報酬体系であり、ノブやんの希望に叶っていました。

早速コンサルタント契約を結んで、売却の活動を始めてもらいました。

会計業務を通じて様々なクライアントともつながりがあり、「この会社はホテル購入に興味がある」と狙いを定めた企業に当たってくれました。

そして最終的に探し当ててくれた会社は、シンガポールの中国系企業でした。

ここでパースという街と、ホテル経営について少し持論を述べたいと思います。

⑦世界で一番美しい街　パース！

パース（Perth）は、オーストラリア連邦の西オーストラリア州の州都です。人口は約２００万人（都市圏人口）で、同州では最大、オーストラリアでは第４の都市です。「世界で一番美しい都市」と言われることがあります。インド洋に面し、一種独特の雰囲気のある街です。

アジアの富裕層にも人気のある街で、パースの大学に子息を学ばせる富裕層も多いです。

特に、シンガポールからは飛行機で5時間の立地にあり、更にシンガポールとパースは時差がありませんので、シンガポールの投資家から見て、パースは結構身近なのです。

このパースの街の「Adelaide Terrace」通りと「Hill Street」が交わる角に○○○○パースホテルはありました（今は、名前が変わっていますが）。

23階建てで３９０室の部屋があるホテルで、便利な立地にありました。ただ、築年が１９７３年で、色々と改修や修繕が必要な状況になっていました。

ノブやんはシドニーに着任して比較的早い時期にホテルの視察に行きました。ホテルオペレーター会社のオーストラリア地域の責任者や現地ホテル支配人とも面談しました。

ホテルは正直言って、改修や修繕にお金がかかる「金食い虫」資産でもあります。まず、毎日不特定多数の人が出入りし、傷みが早いです。また、ホテルの部屋の内装や仕様、ロビーの内装やホテルの外装自体にも流行があります。よって、流行遅れで陳腐化しないように、定期的に部屋の内装を改修したり、ロビーを改修したり、場合によっては、フルリノベーション（完全改修）をしなければなりません。

最初にノブやんがホテルオペレーターから懇願されたのが、空調設備の入れ換えです。外見を良くする改修ではなく、オゾン層を破壊するリスクがあるフロン（空調機の冷媒を言い、人体には悪影響はないのですが、一部のフロンは放出されると地球を囲むオゾン層を破壊すると言われています）を出したくないので、フロンが排出されない空調設備へ交換して欲しいというものでした。正直に言って、空調設備を取り替えても全く収益は上がらず、費用の削減にもなりません。さあどうするか……。

⑧やはりリターン（収益）を伴わない お金は使えないよ……

先に述べたように、○○○○○パースホテルは１９７３年築で、かなり築年が経過し、色々修繕も必要な時期に差し掛かっていました。更に流行遅れによる陳腐化を解消するための内装改修工事も必要な時期に差し掛かっていました。それに加えて、オペレーターの望む空調設備の取り換え……。お金がかかりすぎます。

空調設備の取り換えについては、投下する資金に対するリターン（収益）はゼロでした。また、ホテルオペレーターとの契約条項の制限から、内装改修やその他の修繕も投下する資金に対するリターン（収益）がなかなか見込めない状態にありました。

熟考の結果のノブやんの結論は、次のとおりでした。

（1）必要最低限の改修・修繕は当然のことながら実施する
（2）しかしながら、それ以外の改修・修繕はストップする
（3）フロン排出防止のための空調設備の取り換えは次のホテルオーナーに託す（速やかに売却活動に移行し、売却先に将来のホテル運営を託すということ）

この結論に基づいて、先に述べたように、ホテルに強い不動産コンサルタントを採用して、売却のマーケティングを行い、シンガポールの投資家を発掘するに至ったのです。

本当は時間をかけて、経費節減と収入増の施策を打ち、キャッシュフローを増大させて物件価値を高めてから売却するのが正道です。

しかしながら、このホテルの場合は、ホテルオペレーターとの契約でオーナーの運営改善への影響力が制限されており、またオーナーの力で収入増を図る手段も実際ないような状況でした。

残る手段としては、オーストラリアのパースの利便性が良い立地にあるホテルの取得を強く願っている投資家にできるだけ高い値段で購入していただくことしかありません。

法人投資家といえども、投資判断を下すのは人間であります。人間は通常、欲しいと思う対象には多少高値であると感じてもお金を払うものです。

ノブやんはコンサルタントを使って、収益数値は変えられなかったので、収益数値以外の部分でホテルの良さ（立地や○○○○というブランド名の良さ等）をPRし、投資家の「欲しい」という気持ちを高めるように努力しました。

その甲斐あってか、当初邦貨ベースで十数億円と言われていたホテルが、2倍程度の価格での売却となりました。本当に良かった……。

この時、最終的に買主の担当役員とノブやん、ノブやん側の弁護士の3人で交渉をまとめたのですが、正直に言って先方役員のシングリッシュ（シンガポールの英語）がわかりづらくて仕方なかったです。苦肉の策で、先方のシングリッシュをノブやんサイドの弁護士に正しい英語に訳してもらって、やり取りしました……。英語を英語に通訳してもらったのです！　苦労しました、本当に……。

でも、高値での売却をやり遂げることができたのです。そして、「金食い虫」のホテル物件運営から解放されたのです！　ああ良かった！……。

⑨次はオフィスのパフォーマンスの向上だ！

ノブやんの現地不動産会社が所有していたもう一つの不動産物件は、なんとビルの中にモノレールの駅が入っていたのです。「□□□センター」駅です。そのために、物件名が「□□□センター」だったのです。

シドニータワーにも近いビジネス中心地にあったので、テナント募集には然程苦労はしませんでした。よって、空室率が低いビルでした。ただ、マーケット状況が然程好調ではなく、賃料増は見込めません。キャッシュフローを高めるためには、費用を見直しするしかありませんでした。そのためには現行のプロパティ・マネジメント（ＰＭ）会社を替えてでもコストカットを図る必要がありました。

ノブやんはこういう状況では極めてビジネスライク、敢えて言えば、非情になります。

ビルのＰＭをお願いしていた会社の担当者との付き合いは、ビルの購入時から続いており、担当者に対して情も移っています。最初は、「担当のＡ女史が担当替えにならない限り当社が貴社との契約を打ち切ることはないよ！」と言っていたほどだったのです……。

結局、3社でのPM業務の提案と入札を、不動産コンサルタント会社を通じて行いました。

現行のPM会社にも提案・入札に入ってもらいましたが、結果は、新規のPM会社の提案が優れ、コスト面でも削減が図れるものでした。よって、PM会社を変更しました。

PM会社を変更した後、今までお世話になった旧PM会社担当者のA女史は会社を退職してしまいました。気の毒でした。ごめんなさい……。

ノブやんは、今も彼女が真面目に仕事に取り組んでいた姿を覚えています……。

コストを削減することで、物件からのキャッシュフローが増え、物件価値が上がってゆきました。

それを見極めて、不動産コンサルタント会社を通じて売却のマーケティングを始めました。

そのマーケティングでオーストラリアの大手金融機関が興味を示し、当初の目論見よりも30％程度高い価格の買い付け提案をしてきました。ノブやんはその金融機関に売却することを決めました。

物件売却のための作戦策定と実行について述べてきましたが、着任して2年半でやり遂げたという感じです。オーストラリアでの生活も楽しみながら、ミッションコンプリート（任務完了）させたのです。

⑩悲しい出来事　その１

時間軸を少し戻して、シドニーの現地法人に着任して1週間ほど経過したタイミングでの出来事についてお話しさせていただきます。

ある朝、オフィスに東京の本社から電話がかかってきました。ノブやんの前任の現地法人の社長からでした。

「元役員で現在子会社の社長をされているAさんの娘さんがオーストラリアのケアンズで交通事故にあった。すぐにケアンズに飛んで欲しい。娘さんは亡くなってしまわれた」

ノブやんはオーストラリアに着任したばかりで、右も左もわからず、ケアンズと言われても地図上の位置も知りませんでした。

しかし大変なことなので、心を落ち着かせて、喪服を着て何泊か宿泊できる準備をして、早速飛行機に飛び乗ってケアンズに向かいました。

娘さんは結婚したばかりで、ご主人は大手信託銀行にお勤めのBさんでした。新婚早々の若い二人が休みを取ってオーストラリアのケアンズで休暇を楽しむべくお越しになられたのでした。

その事故は、二人がケアンズの空港から夜中に小型送迎バスに乗ってホテルに向かう途中で起きました。現地の若者二人が乗ったランドクルーザーが反対車線に乗り入れてきて送迎バスと正面衝突したのです……。

娘さんは即死、ご主人は全身複雑骨折で、頭を打った関係で記憶喪失になりました……。バスの運転手さんは移民の夫婦の若い息子さんでしたが、やはり即死でした……。とてもとても悲しい事故でした……。一方で、加害者の若者二人は軽傷のみでした……。

シドニーからは大手信託銀行の現地法人の若手管理職のCさんが飛んで来られ、東京からは娘さんの親のAさんご夫妻、若いご主人のお母さんのDさんが来られました。

現地では日本領事館のEさんに色々な手配やお世話をしていただきました。

⑪悲しい出来事　その2

Aさんご夫妻は娘さんのご遺体をご覧になられて号泣です……。

ノブやんも何とも言えない悲しい気持ちになりました。

遺品となったトランクの中は、これからの楽しい旅行のための水着や服が一杯詰まっていました。

一方で、若いご主人は全身複雑骨折し、更に記憶を喪失し、お母さんが声を掛けられても誰かわからず、そして結婚していたことも思い出せないのです……。

何故この人たちにこんなことが起こってしまうのか……。

Aさんご夫妻はカトリック信者でした。教会での葬儀で、神父さんが、自分も肉親を亡くしたばかりです、と語られると、Aさんは神父さんと抱き合いながら号泣されました……。

娘さんのご遺体は、ケアンズの近くの海に散骨することに決められました。ご遺体を焼く温度を高温に調整し、散骨ができるように灰の状態になるまで焼きました……。それからのシーンは悲しくてあまり覚えていません。

ただ、若いご主人のお母さんの、息子の記憶が戻るように、という祈るような眼差しと、Aさんご夫妻の悲嘆に暮れる姿が強く記憶に残っているのです。

ノブやんがシドニーでの仕事を終えて帰国してからも、AさんとはAさんがお亡くなりになるまで年賀状のやり取りは続きました。いつも「ケアンズでは大変お世話になり、有難うございました」という言葉が添えられていました……。

⑫シドニーでの生活と雑感

シドニーでは長男と次男は日本人学校（長男は中学校2年生、次男は小学校5年生）に入り、三男（3歳）は日本人が経営する幼稚園に入りました。

現地の学校に入れるオプションもあったのですが、やがて日本に戻るので、受験も考えて日本人学校にしました。

子供たちは皆、シドニーでの生活をエンジョイしたと思います。

長男と次男は、土曜日は乗馬、日曜日はテニスという週末生活を送っていました。

旅行はエアーズロック（ウルル）やタスマニア島（オーストラリアの南東に浮かぶ、北海道の8割程度の面積を持つ島）が記憶に残っています。エアーズロックは登りましたし、エアーズロックの周辺を先住民（アボリジニ）の案内で巡るツアーにも参加しました。確かに、エアーズロックはアボリジニにとっての聖地でした。

タスマニア島では、「タスマニア・デビル」という恐ろしい顔をした動物を見に行ったりしました。

オーストラリアでは、先住民（アボリジニ）の人々に対する虐殺がまかり通っていた時代がありました。特にタスマニア島では、ヨーロッパからの移住者によるアボリジニの人々への民族浄化作戦による攻撃があり、結果的にアボリジニの人々はフリンダースというタスマニア島の北東に浮かぶ島へ移住させられ、劣悪な生活環境と疫病で絶滅してしまうのです。純血のタスマニア・アボリジニはマンハンティング（人間狩り）の獲物にされたのです。悲しい歴史です……。

オーストラリア自体が、英国の犯罪者が送り込まれるPrison colony（囚人植民地）もしくはPenal colony（流刑地）であった時期があります。そして一時期、タスマニア島は、更にオーストラリアの犯罪者が送り込まれるPenal colony（流刑地）であったのです。

オーストラリアは１９７３年頃まで白豪主義（白人最優先主義とそれに基づく非白人への排除主義）を取っていました。よって、ノブやんが駐在していた頃も、圧倒的な白人の世界でした。シドニーにおいても、「白人ばかりの中、アジア人は見かけるも、黒人は全く見かけない」という世界でした。

ノブやんは、陽気でおおらかなオーストラリアの人々が大好きです。しかし、あるオーストラリア人の若い女性が、「自分には、Prison colony complex がある」と呟いたのを覚えています。つまり、自分は英国からオーストラリアという流刑地に島流しになった囚人の子孫であるかも知れないという劣等感を持っている、というのです……。

だけど、そんなルーツなんか気にしないで欲しい。そんなの関係ない！
陽気でおおらかな全てのオーストラリア人に幸あれ！

⑬会社の社宅をオークションで売却！

シドニー着任後、２年間で、社長として有価証券投資現地法人の清算、不動産現地法人の保有不動産の売却の目処をつけ、Mission completed（使命達成！）となりました。

また、長男と次男の日本での受験のため、丁度２年で家族は日本に帰ることになりました。よって、ノブやんはキラーラからノースシドニーという街の賃貸マンションに引っ越し、家族と共に住んでいた社宅（現地法人で購入していた社長社宅）も売却することにしました。

さて、どう売却するか。社宅もできるだけ高値で売却したい。

ノブやんは結構仕事で燃えるのです。結局、不動産仲介会社を選んで、オークション（競売）で社宅を売却することにしました。

皆さんはオークションハウス（競売会社）のサザビーズやクリスティーズはご存じです

か？

富裕層を集めて、出展された宝石や絵画を、価格競り上がり方式で売却することをオークションと言いますが、ノブやんは社宅をオークションで売却することにしたのです。

まず引っ越しをして、空にした家をクリーニングできれいにしました。

その後仲介業者と話をして、オープンハウスを複数回実施し、興味を持つ買手候補に物件を内覧してもらいました。

古い家でしたが、敷地は約３００坪で、プール付き、バーベキュー小屋あり、書斎あり、木造2階建てでトイレは五つある豪邸です。そして庭はライトアップできるのです。

結構な数の人々が見に来てくれました。

そして、オークションでのスタート売却価格（競り上がりのスタートとする売却価格）を仲介業者と相談して決め、いくら刻みで価格を上げていくかも決めました。

そして愈々オークション当日を迎えました。時間は庭をライトアップしてきれいに見える夕刻に始めることにしました。広いリビングに椅子を並べ、正面にはオークション台を置き、オークショニア（競り売りを推進し、落札時にハンマー〈ガベルという木づち〉を台部にたたきつけて「カーン」という音と共に落札価格を決定する人）がその前に立ちます。

オークションへの参加者は30名弱いたように覚えています。

売却価格のスタートは50万豪ドルであったと思います。５０００豪ドル刻みで価格を競り上げていったように覚えています。

オークションは興奮しました。オークショニアがまず「50万ドル！」と言うと、買手候補の一人がすぐに「60万ドル！」と手を上げて叫ぶのです。

オークショニアは「よく言ってくれました！」という感じで「60万ドル５０００ドル！」と言うのです。たくさんの買手候補が手を上げました。そこからです。オークショニアがどんどん価格を上げていきます。

買手候補も何人かが手を上げて価格についてきます。75万ドルになった頃からでしょうか、手を上げる人が少なくなった状況で、今まで手を上げていなかった人が手を上げたのです。そこから、その人（中華系の中年の女性の人）と初老の夫婦（オーストラリア人カップル）の一騎打ちの状態になりました。

価格の刻みはオークションの途中からオークショニアの判断にお任せでした。

1万ドル刻みになったり、あるケースでは2万ドル刻んだり。この時は1万ドル刻みに戻っていたかな。75万ドルから先の勝負はドキドキわくわくでした。

2組が共に手を上げ続けて価格の上昇についてくるのです。やがて決着の時が来ました。88万ドルであったと覚えています。初老の夫婦がWinner、落札者と決定しました。中華系の女性は88万ドルについて行けなかったのです。

88万豪ドルは当時のレートで7000万円であったと思います。まだまだオーストラリアの住宅は安かったのです。今だったら、2倍の価格はするのではないでしょうか……。

オークションが終わった後、敗れた中華系の女性がいつまでも残念そうに不動産仲介業者と話をしていたのを覚えています。

日本人で、欧米式のオークションで家を売った経験のある人はほとんどいないと思います。

ノブやんは仕事を通じてたくさんの貴重な経験をさせていただきました。幸せ者だと思います。

たくさんの機会を与えていただいた会社に感謝です！

⑭エアーズロック〈ウルル〉への登頂

先述したとおり、ノブやんと家族は、休みにエアーズロックを訪れたことがあります。当時からエアーズロック〈ウルル〉は先住民アボリジニの聖地として認識されていました。コテージタイプのホテルに泊まり、エアーズロックの周りを歩いて回る現地のツアーに参加しました。アボリジニの女性がツアーを先導するのですが、彼女はアボリジニのみが居住するリザーブ〈居留地〉に住んでおり、英語が話せません。よって、オーストラリア人の白人女性がアボリジニ語を英語に通訳して、ノブやん家族に話しながら、ツアーを実施しました。ツアーの参加者はノブやん家族のみ。完全に借り切りツアーでした。

火をおこす道具や弓矢を持たされて、エアーズロックの周りの自然に囲まれた道を歩きました。

途中で本当に火をおこす体験もするのです。アボリジニの女性は素足で先住民の衣装をまとう純粋のアボリジニでした。これも印象に残る貴重な体験でした。

もうこの手のツアーは行っていないのではないでしょうか？

また、エアーズロックには、ノブやんと長男が登りました。標高３４８ｍの巨大岩です。風が強いので、登る最中に転落して亡くなった人も過去にたくさんおられます。

ご冥福を祈ります。

エアーズロック登りも、とても貴重な体験でした。今はエアーズロックを登ることは禁止されおり、もう登ることができないのですから。聖地エアーズロックに安らぎあれ！

⑮色々な方々とのお付き合い

生命保険会社のオーストラリア現地法人の社長として仕事をしていたので、色々な方々とのお付き合いがありました。所属する財閥グループの現地のトップの方々との定期的なゴルフ会や生命保険会社の現地のトップの方々との定期的なゴルフ会にはいつも参加しました。特に生命保険会社のゴルフは、当時の大蔵省（今の財務省）からオーストラリアの首都であるキャンベラの日本大使館に出向で勤務されている大蔵省キャリアの方が参加され、その方との懇親会の意味合いもありました。出向者は2~3年で変わるのですが、皆さん若く、地方の税務署長を経験されてから、オーストラリアの日本大使館に一等書記官（であったと記憶しています）のポジションでキャンベラに着任されていました。とても有能な方々でした。

また、子供たちが日本人学校に通っていたので、子供の友達のご家族とはとても親しく交流させていただきました。自宅に呼んだり、呼ばれたり、食事やゴルフや旅行に家族ぐるみで出かけたりしました。

よって、そういったご家族の皆さんとは、帰国後26年経つ今も、交流を続けさせていただいています。当時親しくさせていただいたご夫妻2組とは、帰国後も日本で何度も食事会をしました。

また、当時の日本人学校の同級生のお母さんたちだけの食事会も2種類あり、コロナ禍で開催が難しくなるまでは東京で継続され、毎回ノブ嫁が参加して、交流を深めていました。

シドニーでの生活は楽しいものでした。

正しく、ノブやんのサラリーマン人生においては、「天国」でした。

今も思います。仕事で勝負するならニューヨーク、生活をエンジョイするならシドニーだと。懐かしいです。

第３章

地獄の門前の静けさ

①シドニーからの帰国

有価証券投資現地法人を清算し、不動産投資現地法人の保有する物件を売却し、やることはやったので、２年半のシドニー勤務を終え、日本に帰国することになりました。

有難いことに、現地採用のスタッフや秘書は、会社の清算へ向けての動きがわかっていたので、こちらからお願いする前に自ら退職願を出してもらえました。

よって、解雇の苦労は一切ありませんでした。後に外資系不動産会社に勤務した際に部下を16名解雇する苦労をしましたが、その話は別途次の続編でさせていただくとして、シドニーでは有難いことに、すんなりと人の整理はつきました。

生命保険会社からの他の出向者は人事異動で帰国してもらい、一人だけ、不動産売却の残務手続きと、その後の不動産投資現地法人の清算手続き等の残務整理のために残ってもらい、ノブやんはすっきりした気持ちで帰国の途につきました。

日本では、長男が受験で私立の高校に入学し、次男も受験で私立の中学校に入学していました。住まいは、ノブ嫁が荻窪駅から徒歩10分ほどの場所に一軒家を借りていました。借り上げ社宅（会社が借主となって契約し、従業員に住まいとして貸与する社宅）としてもらいました。

②国際業務部門への異動

ノブやんは東京本社の国際不動産部門の部長代理として戻りました。

そして6か月後に国際業務課長（国際業務課と国際不動産課が合併）となり、会社の国際業務全般を管轄することになりました。部下三十数名の所帯でした。

世界に散らばる海外拠点の業務の管轄と、国際人材の育成のためのトレーニー（研修生）派遣や海外大学院への若手の派遣を指導しました。

在任中には、ヨーロッパや香港の現地法人の清算を進める一方、米国では投資顧問会社の買収を進めました。買収案件では、毎晩夜に家に帰ってから、ニューヨークの現地法人社長に国際電話をかけて打ち合わせを行いました。

意見の衝突もありました。海外の現地サイドと日本サイドとは温度差が必ず生じます。

国際業務はその辺りの理解と調整がとても大切、かつ難しかったのです。

当時、海外駐在員事務所へのトレーニー派遣とは別に、毎年3名ほど米国の大学院へM

BA（経営学修士）を取得させるために若手人材を送り込んでいました。公募制を取っていたため、我こそは、という若手が結構応募してきて、その面接を何度も実施しました。

③若手人材も色々ありました……

こんなことがありました。ノブやんが国際業務課長になってしばらくして、アメリカの大学院に留学中の若手から国際電話が入りました。ＭＢＡを取得したので、これから帰国させて日本国内におけるしかるべき部門に所属させるという段階の若手でした。

国内のどの部署に戻るかの発令は未だ出ていなかったと思います。

電話の内容は次のとおりでした……。

「ＭＢＡが取れたので、日本に帰国せずこのままアメリカに留まります。会社は退職させて下さい」

ノブやんは、もうびっくりです。

アメリカの大学院に送り込む前に日本で1年半ほど準備期間を置き、その間、仕事は免除し、勉強と入学の準備に従事させました。

当然勉強や準備に要する費用は全て会社持ちで、給与も支払いました。

また、アメリカの大学院に入学後も入学金、授業料、家賃も全て会社持ちでその間の給与も支払っていたのです。会社としては、ＭＢＡを取得して知識を身に付けてもらい、その知識・経験を帰国後の会社の業務で活かしてもらい、会社に貢献してもらうためにアメリカの大学院に費用丸抱えで送り込んだのです。

それなのに、帰国もせず、電話一本で「ＭＢＡを取れたから会社を辞めます」という連絡。

当時、ノブやんの会社は従業員の誠意を信じていたので、「ＭＢＡを取って○年以内に会社を辞めてしまったら、会社が留学のために費やした費用は全て返還してもらう」といった趣旨の覚書の締結は行っていませんでした。そういった覚書を締結している会社は、当時でも多かったと記憶していましたが。

これはやはり大きな問題となりました。退職を考え直すようにその若手社員への説得を行いましたが、聞き入れてもらえませんでした。結局、その若手は会社を辞めてそのままアメリカに残るという選択肢を取りました。今、その人物がどこでどういう仕事に就いているか知る由もありませんが、誠意のない人間には、明るい未来は待っていないようにノブやんは思います……。

④ああ、VIP（重要人物）の海外出張

少し時間軸を戻します。

ニューヨーク駐在時は、ワシントンDCで世界銀行の年次総会があり、日本からノブやんの会社の会長や役員がその会議への出席のために出張されてきました。

その際はニューヨークからノブやんがワシントンDCへ飛び、フルでアテンド（終日同行）です。

会議の合間の観光・買い物・食事をスケジュールし、車もリムジンを手配し、ずっと一緒に行動しました。もの凄く気を遣いますが、一方で役員の方とはとても親しくなります。満足して帰国していただければ、その後の会社における処遇も良くなるかも（?）。

日本では重要案件の説明以外ではなかなかお話しする機会が持てない偉い役員の方と親しく歓談できるのです。これもとても良い経験になりました。

シドニーでは、アジア開発銀行の総会があり、大蔵省ご出身の顧問ご夫妻が参加されたので、ノブやんはやはりフルでアテンドしました。

その顧問はアジア開銀の理事をされていたことがあり、当時、マルコス大統領（独裁者と言われ、20年以上フィリピンの大統領として君臨した人物）と親しくされていて、色々な思い出話を聞かせていただきました。海外に駐在していないと、このような面白い経験はできません。今も、ノブやんを海外に送り込んでいただいた会社には感謝しています。

⑤ああ、息子の学校変遷経験

少し小休止して、次男の学校変遷について話をさせていただきます。

前著の「青春編」にて綴ったニューヨーク駐在時期に長男も次男も現地の小学校に入学しました。その後帰国し、また再び海外駐在するという変遷の中で、ノブやんは常に家族を帯同しました。結果、次男は次のとおり、小学校を5校も経験することになったのです。

しかも3か国に亘って。

（1）1校目：米国ニューヨーク州ブロンクスビルの現地小学校（1年半）

（2）2校目：岡山県岡山市の小学校（半年）

【帰国後のリハビリのために、ノブ嫁の実家の小学校に半年通わせたのです】

（3）3校目：埼玉県浦和市の小学校（1年）

【ノブやんの帰国後の社宅が北浦和で、その地区の小学校に転校しました】

（4）4校目：神奈川県横浜市の小学校（1年）

郵便はがき

料金受取人払郵便

新宿局承認

2524

差出有効期間
2025年3月
31日まで
（切手不要）

1 6 0-8 7 9 1

141

東京都新宿区新宿1－10－1

(株)文芸社

愛読者カード係 行

お名前《ふりがな》			明治 大正 昭和 平成	年生
ご住所《ふりがな》	□□□-□□□□			性別 男
お電話番号	（書籍ご注文の際に必要です）	ご職業		
E-mail				
ご購読雑誌（複数可）		ご購読新聞		

最近読んでおもしろかった本や今後、とりあげてほしいテーマをお教えください。

ご自分の研究成果や経験、お考え等を出版してみたいというお気持ちはありますか。

ある　ない　内容・テーマ（

現在完成した作品をお持ちですか。

ある　ない　ジャンル・原稿量（

名						
土 古	都道 府県	市区 郡	書店名			書店
			ご購入日	年	月	日

をどこでお知りになりましたか?
書店店頭　2.知人にすすめられて　3.インターネット(サイト名　)
DMハガキ　5.広告、記事を見て(新聞、雑誌名　)

質問に関連して、ご購入の決め手となったのは?
タイトル　2.著者　3.内容　4.カバーデザイン　5.帯
の他ご自由にお書きください。
(　)

についてのご意見、ご感想をお聞かせください。
容について

バー、タイトル、帯について

弊社Webサイトからもご意見、ご感想をお寄せいただけます。

ありがとうございました。
せいただいたご意見、ご感想は新聞広告等で匿名にて使わせていただくことがあります。
様の個人情報は、小社からの連絡のみに使用します。社外に提供することは一切ありません。

籍のご注文は、お近くの書店または、ブックサービス(0120-29-9625)、
ブンネットショッピング(http://7net.omni7.jp/)にお申し込み下さい。

【社宅を会社が売却することになり、横浜の社宅に移らされ、転校しました】

（5）5校目：オーストラリア ニューサウスウェールズ州 テリーヒルズ（2年）

【ノブやんの海外駐在に伴いシドニーにて現地の日本人小学校で学びました】

1年程度で転校を繰り返すことになり、次男にも苦労をかけました。友達ができたと思ったら、転校です……。申し訳なかったです。ただ、あれから長い年月を経て、今は海外にて立派に仕事をしてくれているので、安心すると共に有難く思っています。

今も思い出すシーンがあります。横浜に短期間ですが住んでいた頃、次男は地域の野球チームに所属していました。バッターとしての才能があったのかも知れません。チーム内で活躍していたと記憶しています。しかし、シドニーの学校に転校するので、野球チームを退会せねばなりませんでした。最後の練習の日だったでしょうか、練習を終えて、ノブやんも出向いて監督に事情を話し、チームからの退会をお願いしました。その時に監督から、「わかりました。残念ですが致し方ないですね。それでは、ユニフォームを返して下さい」と言われたのです。

次男はチーム内で頑張ってきた証に、ユニフォームを記念にいただきたかったのです。でもその願いは叶いませんでした。監督からそう言われた時の次男の悲しそうな顔を今でもノブやんは覚えています。悲しい思いをさせて、ごめんなさい。

次男だけではありませんでした。長男はニューヨークから帰国して、頑張って中学受験をしたのです。そしてご縁をいただいて、ある進学校に入学できたのです。そして、その中学校で、卓球部に所属し、充実した学校生活を送っていました。しかし、たった1年でシドニーへ連れて行くことになりました。その事実を告げた時、長男は涙を流しました。息子たちの気持ちも確認せず、無理矢理帯同したのかも知れません。本当にごめんなさい。

⑥岐路でもあった、国際業務課長時代のヨーロッパ出張

国際業務課長時代には役員にアテンド（同行）してのヨーロッパ出張がありました。パリの現地法人とロンドンの現地法人を訪問し、現地法人会議に参加するのが目的です。当然、会議の合間に美術館等の観光もしました。国際部門担当の専務取締役のアテンドでした。仕事に厳しい方だったので、緊張しながらも精一杯通訳も含めてアテンドしました。

１週間程度、ずっと専務と一緒に行動するので、色々なお話を聞きました。本当に意外な趣味（ある魚の養殖に関する趣味）の話や、ビジネスのコツの話、とても面白くて聞き入りました。そうしていると、気に入っていただいたのでしょうか、ロンドン市内を当時のロンドン現地法人社長（Ａさん）と専務とノブやんで次の目的地に車で向かっていた時、専務がノブやんに「○○君（ノブやんのこと）、Ａ君の次にロンドンの現地法人の社長をやるか？　現地法人の社長はどうだ？」とおっしゃったのです。

人生には岐路に立つことがあります。二つの道が目の前に広がっていて、どちらかを選べる時がそうです。ノブやんはこの時、正に人生の岐路に立っていました。

そして、残念ながら、その選択を誤ったのです。チャンスを掴まなかったのです……。

本当は「有難うございます。Ａさんの後のロンドンの現地法人の責任者にさせていただければとても有難いです。頑張ります」と答えていたら、恐らく間違いなく次の人事異動でロンドンの責任者としてイギリスに赴任していたと思います。専務はとても力のある、決定権を持つ役員の方でしたので。

ところが、ノブやんは何故か遠慮してしまい、「シドニーでオーストラリアの現地法人の社長を一度させていただいておりますので……」と曖昧な返事をしてしまったのです。専務はその返答をノブやんからの断りの返事と受け取ったようです。本当にしくじりました……。専務のご厚意を素直に受け入れなかったのです。この時の返答により、次の道が変更になり、後にノブやんは一種の奈落・地獄、左遷への道を進むことになるのです。

今でもその時の返答を悔いています……。「有難うございます。頑張ります」と答えていたら、ニューヨーク、シドニーの次にロンドンに赴任し、そしてロンドンを拠点としてヨーロッパ各地を訪問し、見聞を更に広め、生命保険会社においてもっと大きなステージに立つことができたのではないかと思います。

皆さんにここで助言します。チャンスがやってきたら、つまらぬ躊躇はせず、飛び込んでチャンスを掴みに行って下さい。でないとノブやんのように、恐らく一生後悔しますよ。レオナルド・ダ・ヴィンチの言葉に「幸運の女神には、前髪しかない」というものがあります。「チャンスの女神には前髪しかないので、向かってくる時に掴まなければならない。通り過ぎてから慌てて掴もうとしても、後ろ髪がないので掴むことができない」という意味です。

ノブやんの回顧録の読者の皆さんが、人生の岐路に立った際に、選択を誤らず、常に良き道を選択されますことを心から祈念します。

第４章

地獄の門を潜ってしまった……

①え？　総務課長になる？

国際業務課長になって、2年、つまりシドニーから帰国して2年半で、人事異動により、東京本社の総務課長になりました。

当時、ノブやんの会社には秘書課はなく、総務課長は総務課と秘書課の兼任の立場でした。

よって、総務・庶務・秘書の各管轄を取り仕切る立場に立たされたのです。非常に難しいポジションでした。これが、別の道を選択した結果の人事異動でした。

人事異動の内示が出た日に、何故か、総務課所属でノブやんより年配でノブやんの部下になる方が国際業務課に来られて、次のような事実を告げました。

「○○さん（ノブやんのこと）、総務課長になると、文書での定めはありませんが、環状7号線よりも内側に住んでいただく必要があります。もし大災害が起こったら、環状7号線の外から内側への交通網が遮断され、入って来れなくなりますので。総務課長は大災害時に這ってでも本社（当時、都心にあり）に出社していただく必要があるので、環状７号線よりも内側にお住み下さい」

ノブやんは、「総務課長はそんな立場にある役職なのか」と何故か感じ入ってしまいました。

早速その日帰宅すると、ノブ嫁に人事異動で総務課長になること、家は環状７号線よりも内側に住む必要があることを伝えました。

そして翌日に人事部に、環状７号線の内側の社宅を貸与していただけないか、相談を持ち掛けました。

人事部から提供可能として提示していただいた物件は当時、倉庫街の中にある単身赴任者用が主流の社宅物件でした。ノブ嫁はその物件を検分したのですが、気に入らないとのこと。三男が小学校に通う道もトラックが傍を行き来して危ないし、住環境として家族用ではないというのがノブ嫁の感想でした。

それならば、致し方ない、環状7号線の内側の都心で家を探そう、ということになり、この際と思い、ノブやんは人生で初めて、自宅購入を前提で住宅の物色をノブ嫁と一緒に開始したのです。今まで転勤族で、海外も含めていやというほど引っ越ししてきました。今度は少し腰を据えて購入前提で良い物件を探すことにしたのです。

ノブやん42歳の春でした。

②マイホームを買うということ（1軒目）

休みの日にノブ嫁と一緒に家探しに廻りました。決定権限者はノブ嫁です。

やはり、ノブやんより長く家にいる人、家で子供の面倒をノブやんより見る人、家財を入れるのに寸法を測って考えてくれる人、台所を使う人……。全てノブ嫁です。

ノブやんには口出しする権利がない家探しでした。ただ、大災害の際に、這ってでも東京本社に行ける立地である、という立地のみはノブやんとしても要求させていただきました。

港区の三田で数軒の建売一軒家が新築で売りに出ていました。建築規制の関係でマンションを建てることができない土地に戸建ての家を何棟か建てて売っていました。

最初は予算を少し超えるラインの価格だったので、躊躇しました。しかし、ローンを目一杯借りて購入する決断をしました。もちろんノブ嫁が「この家が良い」と結論を出したからです。ノブやんの役目は、ノブ嫁の決断を遂行すべくお金を工面することのみでした……。


ネコの額のような狭い土地の上に立つ3階建ての木造一戸建てでした。

それでも4LDKの間取りで、子供が3人のノブやん一家にとっては嬉しい物件でした。

5000万円の大借金（住宅ローン）をして、6580万円で購入しました。220万円の仲介手数料を払い、更に購入後に台所の改良等に250万円をかけました。貯金を全て注ぎ込んで買いました……。

この家の購入が、1999年6月です。ノブやんが総務課長を拝命して2か月後のことでした。

この家が7年半後の2007年2月にアッとビックリの1億3000万円という高値で売れるのです。

その時仲介でお世話になった業者さんは、ノブやんのことを「わらしべ長者」（物を交換していくうちに思いがけず大金持ちになる昔話）のようですね、と言って笑っていました。

三田の自宅の購入がきっかけでノブやんとノブ嫁の自宅の売買（計5軒）と収益不動産

の売買（仙台、横浜）という不動産売買物語の道が開かれるのです。ただ、不動産以外では無駄遣いも一杯してしまいましたが……。

この一連の不動産売買の話は、続編でお話をしたいと思います。こんな資産構築の仕方もあるのか、と読者の皆さんの参考になれば有難いと思います。事実に基づき、できるだけ数値も開示して説明しようと考えていますので。

③総務課長のミッション：反社会的勢力との対決

総務課に警察を定年退職後のノンキャリアの方を顧問としてお迎えしていました。

（キャリアとは、東大を筆頭とする有名難関大学を卒業して、今で言う国家公務員採用総合職試験に合格して官公庁に採用された人で、ノンキャリアとはキャリア以外のルートで採用された人です。キャリアは要職を経験してスピード出世していく人で、ノンキャリアは現場たたき上げで徐々に役職が上がる人、というイメージです）

その顧問（Sさん）は非常に誠実で、ノブやんから見て「信頼できる警察官」という感じの方でした。

そして、偉いと思ったのは、ノブやんの会社の顧問となられてからも、警察関係のイベント（警察官の方々が出場する柔道や剣道の大会）に顔出ししてはビール券等の差し入れをしたり、ノブやんの会社が管轄内となる警察署によく手土産を持って挨拶に行かれたりして人脈繋ぎと情報収集をしっかりと続けておられたことです。

このＳさんにはお世話になりました。

総務課長になってすぐの頃、まだ１９９９年でしたが、反社会的勢力（当時の暴力団関連）ではないかとも危惧される会社（Ａ社：ただし、反社会的勢力であったか否かは不明）の役員が東京本社に怒鳴り込んできました。事由は、「ノブやんの会社が勝手に、全く関係のない大量の保険関係の事務的資料を自分の経営する会社にＦＡＸで送りつけてきて仕事の受注ができず損害を被った。どうしてくれる」というものでした。

調べてみると、確かに保険の契約部門が保険関係の資料を何度か誤ってＦＡＸ送付していたことが判明しました。そのＦＡＸ番号は以前ノブやんの会社の営業拠点支部が使用しており、その支部が事務所移転をした後、ＦＡＸ番号が変わっていたのですが、その番号変更が契約部門でなされておらず、誤って資料をＦＡＸ送付したようでした。そして支部が以前使用していたＦＡＸ番号を、Ａ社がＮＴＴ経由で引き継ぎしていたのです。ノブやんの会社の契約部門が誤って資料をＦＡＸ送付していたことは事実でありました。この事案への対応の依頼が総務課長であるノブやんに来たのです。

ノブやんは最初、A社が反社会的勢力に属する会社かも知れないとは認識していませんでした。ちょっと厳しめのクレームをする会社という認識しかなかったのです。よって、取り敢えず一人で菓子折りを持ってお詫びに出向いたのです。そうすると出てきたのが強面の社長と役員の二人でした。延々と「あんたの会社からのFAXで仕事の受注ができず、営業上で数百万円の多大な損害を受けたので、誠意をもって対処せよ」という趣旨のことを怒鳴りながら主張してきました。振り返ってみて、社長なる人物が怒鳴り役、役員がなだめてノブやんから金銭の支払いの言質を得ようとする役であったように思います。

経験しないとわからないですが、ノブやんにとって、とてもつらい時間でした……。

最終的には、自分の一存では何も言えないので、本社で相談して回答するという姿勢を貫いて、何とか帰らせてもらいました。今から思うと、無防備に一人でそういった企業の事務所に出向いていくというバカな真似をしていたのです。世間知らずの新米総務課長でした……。

帰社してから早速Sさんに相談し、契約部門とも対応策についてやり取りしました。

確かにノブやんの会社に非がありましたが、先方に営業上の損害が発生したのか否か、また発生したとして損害額が如何ほどであったのか、不明で見当がつきません。

結局お詫び代として契約部門は〇〇万円まで支払うことができるという回答でした。（当時は犯罪収益移転防止法もなく、反社会的勢力規制は今ほど厳しいものではなかったのです）

ノブやんはSさんと相談しました。結論として、「〇〇万円より少額の△△万円で本件を収める、その交渉の場にSさんに同席してもらう」ということになりました。今だったら先方が反社会的勢力であった場合は、先方が受けた損害の証拠を出したとしても、金銭解決は難しいでしょう……。

ノブやんは△△万円の現金を封筒に入れて、指定した喫茶店で交渉に臨みました。

その時は先方の社長は来ず、役員一人が来ました。交渉が始まりました。先方はSさんを一目見て警察関係の人だと察したようです。こちらはもう最初から、「お詫びとして△△万円が出せる全て。これ以上は出せないので、これで受けてもらえないと、何も渡さず帰るしかない」という交渉をしました。先方は最初、「そんな金額では損害をカバーできるわけがない」という主張を繰り返しました。ただ、Sさんが頃合いを見計らって、「これくらいにしておきなさいな」という趣旨の言葉を発したところ、先方が折れて、「しょうがない。△△万円で手を打つ」となりました……。ノブやんは、先方の役員の名刺の裏に「本件△△万円受領した。解決とする」という趣旨の文言を記載してもらい、それを領収証として受領しました。今だったら、そんな領収証では通用しないでしょう……。

でもその時の状況から、それ以上のものは受領不可能でした。

しかしながら、この時、Sさんが同席していなかったら交渉は決裂して、その後もっと高額の金銭を支払わないと解決しなかったと思います。警察OBの力、恐るべし！ Sさんに感謝です。そして、本件は、これで完全に解決となり、その後一切A社からのクレームはありませんでした。ただ、この件は秘密裡に進めていたこともあり、ノブやんは誰からも褒められることなく、お疲れ様という声掛けもいただくことはなかったのです……。

総務課長や総務部長はそういった意味で「縁の下の力持ち」です。

世の中の総務課長、総務部長の皆様、本当に日々の業務、お疲れ様です。

この後、ノブやんは転職で別の会社に勤務していた際に別件で再び反社会的勢力と対峙することになります。これもやっかいな案件でした。続編にてお話しする予定です。

④総務課長のミッション：プライベートな問題

実はノブやんは総務課長を６か月で首になったのです。事由は別途話します。

でも色々経験させられた６か月でした。

次の例は、ある総務課長さんが経験された話の一部です。

(1) 役員への脅しの電話

ある役員のお嬢さんが、ＤＶが酷い悪い男と一時期親密になり、別れてから、会社に「Ａ役員を出せ！　娘を出せ！」とＤＶ男から脅しの電話がかかる。

そういった電話は総務課にかかり、総務課長が受けるので、総務課長の電話の下にテープレコーダーをセットし、不届きな電話がかかると録音し、後の弁護士や警察への提出用にしていた。当然他の理不尽なクレーム電話が総務課にかかってきた場合も録音するようにしていた。

件のDV男からの電話はしっかり録音し、後日役員の方にお渡しした。

役員はそのテープを証拠に警察・弁護士に相談された。

(2) 職員の奥さんへのストーカー

ある職員夫妻の以前のご近所さんで、互いに夫婦間で交流のあった先の夫の方が、その職員夫妻が転居後、その転居先に日中に出向き、職員の奥さんに対してストーカー行為を繰り返した。奥さんが耐えきれずに、泣いて職員に訴えたため、総務課への相談となった。

ストーカー行為を繰り返した人は、大手金融機関の役員であった様子。

同社の警察顧問さんがその大手金融機関の警察出身顧問をよく知っていたので、先方の警察顧問に話をして、ストーカー行為を止めるように当該役員に対して説得してもらった。

それでピッタリとストーカー行為がなくなった。

本当に総務課長や総務部長は、特に警察ＯＢを顧問にしていると、役職員から、他に口外できないプライベートな相談が入ります。もっと昔は、株主総会関連の総会屋・暴力団対策で口外できない話もあったと思います。所謂、「墓場まで黙って持ってゆく秘密の話」です。

でもそのことについては、総務責任者は基本的に何の評価もされません……。つらいよね……。

ノブやんは、短い期間でしたが、平日の緊張のみならず、土日も、役員の誰かが接待のゴルフや出張で外出しているので、交通事故等の何らかの事故に巻き込まれないか、事故にあったと電話がかかってこないか、常に心配して過ごしていました……。休日に心を休めることができなかったです。正直に言って、生まれ変わっても、役職員が大勢いる大企業の「縁の下の力持ち」の総務責任者のポジションには就きたくないです……。

⑤青臭い正義感からの進言

１９９９年当時の日本は「平成の大不況、金融危機、失われた10年」と言われ、景気不況の最中でした。当然ノブやんの会社も経費節減、余分な資産の売却の嵐の最中です。総務課長としては、会社所有のゴルフの会員権の売却、スポーツクラブ会員権の売却を進め、接待費等の費用の削減を進めなければならない立場にありました。

そんな最中にも拘わらず、ある役員が「某スポーツクラブの会員に会社の費用で加入して欲しい」と申し出てこられたのです。

実は、その数日前に全社宛にゴルフ会員権の売却と新規のゴルフ会員権の加入の禁止の文書を総務課長名で出したばかりのタイミングでした。

ノブやんは、その役員の下に出向き、「すみません。全社的に各種会員権の売却、費用削減に取り組んでいる最中です。お申し出のスポーツクラブへの加入は会社として困難な状況です」と断りを申し上げたのです。

役員へ回答する前に、ノブやんは事前にそのスポーツクラブについて調べていました。会社として加入する場合は、当然広く役職員が利用する見込みのある施設である必要があります。

しかしながら、その役員が申し出てこられたスポーツクラブはその役員しか利用が想定できないような施設でした。明らかに、その役員が個人の私的利用のために加入を申し出てこられたとしか、当時のノブやんには考えられませんでした（もしかしたら、ノブやんの間違った認識であったかも知れません。今となってはわかりません……）。

その時、ノブやんは正義感からも「お断りするしかない」と決心していたのです。

お断りをした時の、その役員のノブやんに対するお言葉を今も鮮明に覚えています。「お前は総務課長のくせに、役員の健康管理のことを考えないのか！」と怒鳴られたのです。

ノブやんは、その時、次のとおり言い返したい衝動に駆られました。

「私的な利用ならば、会社のお金を使うのではなく、ご自身のポケットマネーでご自由に加入下さい。また、役員の健康管理のみ気にされておられますが、役員は、職員の健康管理についてはどうでもよいのですか？」

でも、役職が課長にすぎないサラリーマンのノブやんは、役員に対してはそこまでの反論はできませんでした……。不甲斐ない、へなちょこサラリーマンでした。

ただ、「すみません。ご要望に沿えず申し訳ございません。ご容赦願います」とお詫びして、スゴスゴと引き下がりました。

ノブやんは「倍返しだ！」の名セリフで有名になったドラマの主人公「半沢直樹」のような気骨のあるサラリーマンではありませんでした……。

ただ、「従います」とも回答はしませんでした！

しかし、その役員は営業部門で力を発揮して役員に昇りつめた力のある役員でした。その意味では会社に大いに貢献されてきた方です。当時の社長の覚えもめでたい方でした。

そして、「あの総務課長はけしからん！　排除すべし！」となったようです……。

⑥青臭い正義感からの接待交際費チェック

総務部にはノブやんの上司として正規の総務部長と、総務部担当部長がおられました。当時の総務部長は、総務部傘下のもう一つの部署である経営法務部署の抱える案件（取締役会等の重要な会議体運営の案件）の対応で忙しく、ノブやんの抱える総務案件は基本的にノブやんにお任せでした。

一方、総務部担当部長は秘書を含めた役員関係の様々な案件を見ておられました。そして接待交際費の使用がかなり多い方だったのです。今から思うと、担当部長も色々な案件の対応のために交際費を使う必要があったのかも知れません。正直に言って、当時のノブやんは、その部分への配慮が不十分であったと思います……。

実はノブやんは前任の総務課長との引き継ぎ時に、「〇〇担当部長の接待交際費の使用には目を光らせて、使い過ぎにはブレーキをかけて欲しい」と言われていたのです。平成の大不況時です。接待交際費も削減の対象とすべきという当然の流れにありました。

ノブやんは総務課の女性に依頼して担当部長の接待交際費をチェックして、ノブやんに報告してもらうこととしていました。

これが何故か、担当部長の知るところとなったようです。「つまらないことをするな！」というお叱りです。そしてある日、別室に担当部長に呼ばれました。

「上司の業務命令に逆らう奴は、就業規則の定めで懲戒解雇となるぞ！」と怒鳴られたのです。もう20年以上前の出来事なのに、この「懲戒解雇」という言葉を浴びせられたのを何故か鮮明に覚えています……。ただ、何が業務命令違反に該当したのか、未だによくわかりません……。でも、今だったらどう立ち回っていたかな……。

⑦左遷……

先にお話しした役員の方と、この担当部長の方に、ノブやんは徹底的に嫌われたようです。

総務課長というポジションで、ノブやんはノブやんなりに頑張ったつもりでした。

しかしながら、サラリーマンとして、役員と上司を敵に回して逆らうことをしてはダメだったのです。ノブやんはとても「半沢直樹」にはなれませんでした。

また、ノブやんには、役員や上司の各々のお立場における様々な事情ということに対する深い洞察や考察が欠けていたのかも知れません。結局は、考えの浅い青臭い生意気な総務課長だったのだと思います。

結果は、着任6か月で総務課長を首になり、大阪の法人営業部の渉外担当への異動発令を受けることとなったのです。たった6か月で、東京から大阪への人事異動です。

明らかな左遷でした。同期入社の仲間を含め、周りの親しい連中から「お前は一体何をしでかしたのだ。女性問題か？　金銭問題か？」という質問攻めにあってしまいました。然程親しくない先輩や後輩からは、面と向かっての質問はありませんでしたが、「こいつはもうこれで終わりだ」「この人はもうこれでレールを外れたね」という哀れみの眼差しで見られてしまいました……。

至らない総務課長であったかも知れませんが、何らやましいことをしていないと自負していたノブやんとしては、腹立たしいというよりも、とても悲しかったです……。

総務課長になったがために、環状7号線の内側に住む必要が生じ、それで初めて大借金をして自宅を買ったのが1999年6月です。そして大阪への左遷異動を命じられたのが、1999年10月です。折角買った家に4か月程度しか住めずに、家族を残して大阪に単身赴任で出向くことになったのです……。これがノブやんにとっての地獄編の序章です……。

第 5 章

さらば愛しの生命保険会社！

①大阪での法人営業の仕事　その1

大阪の法人営業部に着任して、すぐに先輩から担当する企業の引き継ぎを受けました。たとえ左遷や島流しと陰口をたたかれても、与えられた立場で頑張ることがノブやんにできる唯一のことと腹を括りました。

関西の電鉄グループがメインで、他に紡績会社や、情報システム会社を担当させていただくことになりました。

社内的には営業スタッフですが、対外的には渉外部長という名刺を使わせてもらいました。ワンフロアの大部屋にいくつかの法人営業部があり、各部に十数名の営業スタッフが所属していました。各スタッフは、各々異なる企業を担当し、企業年金や企業保険に加えて、ノブやんの勤める生命保険会社の子会社が販売する損害保険の営業も行っていました。

また、新規の企業開拓も仕事の一つでした。

ノルマが与えられ、毎月締め切りがあり、成績によって厳しく評価されます。

渉外部長といっても名ばかりで、部下はなく、全て自分で訪問資料・書面を作成し、担当企業宛の営業をするのです。また、新規開拓も行わねばならず、時間を見つけて、見知らぬ企業への飛び込み営業もしました。個人保険の応援を兼ねて、一つの雑居ビルの最上階から1階まで、全ての入居企業に飛び込み営業訪問したこともありました。

事務の女性に、シッシと追い返されたこともありました……。

エリアの企業を1軒1軒しらみつぶしに廻って営業することを「ドブ板営業」と言います。正しく、足を使っての「ドブ板営業」でした。

余談ですが、「ベルフェイス」というウェブ会議システム（オンライン商談用システム）の会社の、「営業は足だ！」と言って鍛えられたヒラメ筋を披露するベテラン営業マンに対して、「It's old 営業！」と返して、足を使っての古い営業からテクノロジーを使った新しい営業スタイルへの変化を促すＣＭが一時期人気を博しましたね。

ノブやんがこの時やっていた営業は、正しく「It's old 営業」でした。

強靭なヒラメ筋ができてたかも、です。

②大阪での法人営業の仕事　その２

営業で力を入れたのは大手電鉄グループでした。大阪に着任したのが１９９９年10月で、世の中は不況です。ノブやんの会社は、生命保険会社として保険や年金の取引のある多くの上場企業の株式を保有していましたが、身軽になるために売却を進めていました。当然、ノブやんが担当する企業の株式も売却の対象になり、株式売却をさせて下さい、とお願いに廻ることになります。

保険や年金の取引を加味して保有する株式を政策投資株と呼んでいました。

そういった政策投資株を売却しなければならないのです。当然、保険や年金の取引に悪影響を与えます……。

しかし、会社の健全な経営のために売却を遂行せざるを得ません。つらい時代でした……。そんなご時世に、ノブやんたち法人営業スタッフが担当企業のためにできることは、担当企業に対する色々な営業支援です。一番手っ取り早く効果のある支援は、営業上の取引の発注です。相手がゼネコン（総合建築会社）やサブコン（下請け建築会社）であれば、工事の発注です。

しかし、生命保険会社と言えど、昔の不動産投資の勢いは全く失われていました。工事を発注しようにも、プロジェクトがほとんどありません……。あっても他の法人営業スタッフが担当する企業との競争が非常に激しくなっていました。

例えば、ノブやんの担当する電鉄グループの子会社で中央監視装置（ビルの中の環境管理やエネルギー管理のオートメーション・システム）の販売を業務の一部にしている会社がありました。めったにない不動産建築プロジェクトの話がありました。ノブやんは、「是非○○電鉄の子会社の▽▽社の中央監視装置を採用して下さい」と熱い気持ちのこもった申請書を出しました。

しかし、ノブやんの会社の所属する財閥の系列会社で中央監視装置を製作している有名な会社があり、太刀打ちできませんでした。小さくなってしまった工事のパイの奪い合いでは、どうしても親密な企業が優先されるのです……。

そうなると、他の事案で営業支援を行わねば担当企業グループから冷たくあしらわれてしまいます。そこで、本当に細かな営業支援を行いました。

チマチマ支援の事例は次のとおりです。

【プロ野球チームのファンクラブ結成と会員募集】

ノブやんの担当する電鉄グループは某プロ野球チームのオーナーでした。

そこで、そのチームのファンクラブを組織して、ノブやんの会社の大阪の本社従業員にできるだけたくさん入ってもらう活動を行いました。この活動は先輩のスタッフから引き継いだのですが、規模の拡大を図りました。開幕前にその電鉄グループが経営する飲食店舗で、ノブやんの会社の本社の各管理職の皆さんに集まってもらい、決起大会を行い（皆さん自腹で会費を払っていただきました……）、飲みながら、「今年も各部門における多数の〇〇〇（プロ野球チーム名）のファンクラブ獲得に向けて、どうぞお力添えを何卒よろしくお願いします！」とノブやんが演説（?）し、各管理職の皆さんが翌日職場に戻って、部員にファンクラブへの加入を勧めてもらうのです。

本当に一銭の得にもならないことを、しかも〇〇〇のファンでもなんでもなく、逆にライバルチームのファンであるかも知れない中を、頼りない法人営業スタッフのサポートのために、皆さんにご尽力いただきました。

しかも、ファンクラブに加入するためには、当然会費を支払う必要があります。

一般の人がファンクラブに加入するのと全く同条件での加入でしたので。

皆さんのご尽力のおかげで、ファンクラブ会員数は八百数十名になりました。

今までの実績の中で、会員数の最高新記録でした。

当時の皆さん、本当に有難うございました。振り返って、その当時の皆さんに何らお礼もせずにその後会社を退職してしまったノブやんです……。申し訳ございませんでした……。

③左遷の傷は癒えないのか……

大阪の法人営業部で単身赴任にて3年間頑張りました。ノブやんなりに努力を続けましたが、なかなか大きな成果を出すまでには至りませんでした。

株や融資という大きな取引をベースにした関係は、チマチマした営業支援ではひっくり返すことができないのも事実です。しかしながら、ノブやんとしては、やるだけやった結果なので、諦めがつきました。

その頃、丁度長男が大学生になる時期、次男が高校生になる時期、三男が小学生でした。長男、次男は多感な時期でもありました。ノブ嫁一人に子供の面倒を全て押し付けている状況になっていました。

ノブやんは上司に「次の異動で東京へ戻していただきたいです。お願いします」と懇願しました。上司にも理解していただいて、人事部に対して働きかけしていただいたのですが、結果は京都支社への転勤でした。大阪から見ると、新幹線で一駅だけ東京へ近くなっただけです……。

東京での総務課長時代の大きな罰点、左遷の傷は癒えず、希望は聞き入れられませんでした。

④京都支社での活動開始

京都支社では、法人担当部長として、管轄の中小企業の企業年金を中心に対応するはずでした。当時は適格退職年金という商品でした（この商品はその後廃止となりました）。しかしながら、着任すると、儲からない適格退職年金の仕事は全く注目されず、法人担当の仕事は、個人保険営業員（セールスレディーが主流）が販売する中小企業の経営者向けの経営者保険の販売サポートが中心となってしまいました。ノブやんにとって、またつらい日々が始まりました。

まず車が必要となりました。まず京都市内を中心とした多くの企業年金の顧客さん宛に年金の決算等説明に行く必要があり、また、中小企業の経営者さん宛にセールスレディーが訪問する際に、応援に同行する場合も車が必要になります。でも会社からの車の貸与はありません（つらいですよね）。よって、ノブやんは、ダイハツの軽自動車ミラの新車を自腹で買いました。ただ、駐車場は会社が入居する自社ビルの中で手配してもらいました。京都の街は狭い一方通行の道が多いのです。軽自動車は小回りが利き、良かったのです。でもノブやんは車の運転がとても下手で嫌いでした。因みにゴルフも極端に下手でした。ノブ嫁からは「あなたは普通の男の人なら普通にできることが、本当にできないのね」とよく言われました。

事実です……。ニューヨークでは、車を駐車場から出入りさせる時にサイドミラーを2度ぶつけて、2回ともドアまで潰してしまい、2度とも保険を使って直しました。そうしたら、今度保険会社を替えようとしたら引き受けを拒否されたという経験があります……。

一人で企業訪問するのは良いのですが、セールスレディーを乗せてお客さんを訪問する時はとても緊張したことを思い出します……。

⑤単身寮から京都市内のマンションへ

単身赴任に際して、大阪の高槻駅から徒歩圏の単身者寮を最初は貸与してもらっていました。そして、その単身者寮から京都に通っていました。しかしながら、セールスレディーとの飲み会等の機会が多く、よく終電を逃しました。その時はノブやんの会社の系列のホテルによく自腹で泊まりました。そして、このままでは身体がもたないと思い、京都市内に小さなマンションを無理して自分で買いました（ノブ嫁に補助いただいて買ったので、共有でしたが……）。京都支社には結局1年しかいなかったのですが、後半半年は京都市内のマンションに住みました。これは確かに便利でした。遅くまで飲んでいても、タクシーですぐ帰れましたので。しかし、仕事が大変でした……。

⑥京都支社での積み上がる仕事量

法人担当でしたが、６支部ほどで構成される組織（ブロックと呼んでいました）の担当スタッフをやることになりました。そのブロックに関する様々な事案を担当するスタッフにもなったのです。当然、毎朝のブロックの朝礼に出たりしました。

ブロックとしての保険販売業績も良き数値にしなければなりませんでした。数字で評価される世界ですので。

そうこうしているうちに、そのブロック内の一つの支部の支部長が引退することになりました。20名ほどのセールスレディーを抱える支部でしたが、その支部長がいなくなるのです。結局、ノブやんがその支部の支部長を兼任することになりました。

法人担当として京都府内の多くの企業の企業保険・企業年金を担当すると共に、個人保険の世界で六つの支部を取りまとめたブロックの担当スタッフとなり、更に一つの支部の支部長も兼任することになったのです。もう対応不可能と思ってしまいました……。でもやらなければなりません……。

併せて、中小企業経営者向けの経営者保険に関し、支社の法人担当として大きな成果を支社全体で上げることもミッションとして降りかかってきます。

一人で何役もこなさなくてはならず、限界状態でした……。

しかも、京都の街は「一見さんお断り」の世界。法人担当者として、5年は京都の街に染まってもらう必要があると言われていました……。

⑦早期定年退職の選択！

そんな中、会社の制度として早期定年退職の制度が行われており、45歳以上の従業員に対して募集がありました。単純な自己都合退職と異なり、退職金が定年退職する際の額から一定の割引がなされて退職時に支払われるのです。自己都合退職の退職金額より多くの額が退職金として支払われます。ノブやんは迷いました。でも、この会社にいても左遷の傷がついたまま、つまり罰点がついたままで、その傷が癒えることはないと思ったのです。

9月末の退職に対して、6月末までの早期定年退職応募に手を上げる必要がありました。

ノブやんは手を上げようと考えました。東京の家族の下に戻りたかったし、このチャンスを逃すと早期定年退職の制度も終わってしまい利用できなくなるとも聞いていたからです。

そして、誰にも相談することなく辞めようと思い詰めていたのです……。

そんな折、上司の支社長から呼び出しがありました。仕事に対する色々な注文の指示でした……。

仕事の限界、これ以上新たなミッションの受け入れ不可の状況下での新たなご指示でした。

ノブやんは決断しました。

支社長からの指示がひと段落ついたところで、切り出しました。

「早期定年退職制度に応募して会社を辞めさせていただきたいと思います」

支社長はびっくりです。しかし、本社からは、「早期定年退職希望者に対して引き留めはしないこと」という指示が出ていたようです。

しばらく沈黙が続き、「このことは退職のギリギリの日まで口外しないで欲しい。支社が動揺すると困るので」という言葉が支社長からありました。

会社に対しての意思表示は完了しました。しかし、ノブ嫁に対して会社を辞めることは全く相談していませんでした。既に記したとおり、この時、京都市内に１ＬＤＫの中古マンションをノブ嫁と共同で買ってノブやんが住んでいました。

実は、ノブ嫁は長男と次男は東京に残し、三男（小学6年生）と共に京都にやってくるつもりでいたのです。ノブ嫁は三男を入学させる中学校を考えながら京都にて3人で生活する賃借物件の物色を始めたところでした。その際は、ノブやんの住む中古マンションは賃貸に出すと考えていたようです……。

⑧誰にも相談せずの身勝手な退職決断

ノブ嫁からすると、ノブやんの「裏切り」でした。ノブ嫁のささやかな反撃が始まりました。

会社に電話をしてきて、支社長に「夫の退職表明の撤回」の懇願をしようとしてきたのです……。2回トライしてきました。外回りの多いノブやんが何故か2回とも事務所にいて、更に何故か電話を取った支社の女性職員が支社長に取り次ぎせずにノブやんに回してくれました。

「もう決めたことで後戻りできないよ」

ノブやんはノブ嫁に2回とも同じ言い訳をしました……。身勝手で情けない夫でした。子供を連れてきて京都で一緒に住もうとまで覚悟していた奥さんに、何の相談もせずに一方的に退職を進めてしまったのです……。

24年以上勤務してきた会社です。本来ならば、過去の様々な部門でお世話になった上司に相談するなり、お世話になった先輩に相談するなり、仲の良かった同期入社の連中に相談するなりすべきだったと思います。

でも精神的に追い詰められていたのです……。恐らく鬱の状態が続いていたのかも知れません……。誰にも相談せずに、退職を支社長に宣言してしまったのです。身勝手でした。

⑨京都の支部のこと

6月末に退職の正式な申し出を会社に行った後も支社内の人たちには何も言わずに忙しい日々を送っていました。

ここでノブやんが支部長を兼務していた支部のことに少し触れたいと思います。

20名のセールスレディー（女性の営業員さん）を抱える支部で、それまでベテランの女性支部長が面倒を見ていました。その支部には、成績は非常に優秀だけれども、幾分問題がある営業員さんもおられましたが、基本的に皆さんは保険成績（＝数字）が全ての世界で真面目に懸命に働いておられました。

独身の方、共働きの方も当然おられましたが、20名のうち、半数は女手一つで子供さんを育てているシングルマザーの方々でした。ご家庭の事情について話を色々聞きました。女手一つで子供さんを育てておられる営業員さんの場合は、大抵、夫のＤＶや生活能力の欠如による借金といった、夫側の問題により離婚しているケースが多かったと記憶しています。ノブやんは、営業員さんが涙ながら語る身の上話を聞くたび、同情し共感してしまいました。腹立たしかったです。そういった男連中の、奥さんや子供さんに対する責任感の欠如や暴力行為に対してとても腹立たしい気持ちを抱いたものでした。

ノブやん自身、軽率で身勝手な奴でしたが、家族の生活は何としてでも自分が守らなければならないと考えていました（ノブ嫁が怖いし……）。

保険会社を辞めてもすぐに別の会社に転職して稼いでやる、と考えていました。転職先が見つからない場合は、肉体労働で稼いでも良いと考えていました。結果、居酒屋業界に飛び込むことになるのですが、その物語は後述します。

⑩さらば京都、そして新たな旅立ち！

今も悲しいのですが、結局ギリギリまで周りの人たちに退職のことが言えなかったので、送別会は担当していたブロック内の6人の支部長だけにしていただきました。

支社の送別会はなかったです……。

24年半勤めた保険会社におけるノブやんの最終出社日、ブロック内の某支部長の依頼で、新しいセールスレディーの採用イベント（ランチのイベント）に参加しました。もう今日が退職日のノブやんが、これから新たに保険会社に入社してもらうべく、セールスレディー候補とランチをご一緒して入社を推奨するのでした……。とても複雑な気持ちでした。

そして最終日の夕方です。前日までに全て身の回りの片付けをして、引っ越しの荷物出しも済んでいました。後は身一つで京都を去るのみとなっていました。

支社の事務所で花束だけいただいて「お世話になりました」と頭を下げて事務所を出て

いきました。24年半の会社生活の最後にしては、とても寂しいものでポロポロと涙がこぼれました……。多くの上司、同僚、部下の皆さんと24年半過ごしてきた、思い出一杯、愛着一杯の保険会社です。しかし、ほとんど誰にも退職の連絡を事前にすることなく、悲しく会社を去ることになりました。

こんな孤独でわびしい最後は想像もしていませんでした……。

ああ、さよなら我が生保、さよなら京都……。心は悲しみの底辺に沈んでいました。

でも、振り返って、「我が生保」には社会人として一から教えていただき、育てていただきました。

今は感謝の気持ちしかありません。「我が生保」に入社したお陰で厳しい営業の経験もさせていただいたのです。海外での仕事もさせていただき、海外生活も満喫させていただいたのです。だから、高齢者になった今でも、夫婦共に、保険は「我が生保」の保険に加入しています。

さて、最終日の夕方、会社を出て、一人寂しく京都駅から新幹線に乗りました。

もう翌日から東京で、新しい会社に出社する段取りとなっていたのです。

それが居酒屋チェーンでした……。次に少し、転職活動について記します。

第 6 章

次の舞台へ

①厳しい転職活動

2003年6月末に、早期定年退職の募集に対して、「退職します」と会社に手を上げてから、転職先を、京都で働きながら探すことになりました。

もう退職は止められないと腹を括ったノブ嫁からは、いくつかの条件を課せられていました。

（1）転職先は東京が勤務先であること
（2）給与水準があまり低くならないこと
（3）9月末が退職日なら、間を空けずに10月1日から勤務すること

初めての転職です。どうしたら良いのか本当にわかりませんでした……。

正直に言って、後先考えずに退職を決断したという状況でしたので……。

本来は、次の勤務先から内定をもらって後に退職を申し出るのが正解だったのでしょう。

しかし、９月末退職日なのに、３か月前の６月末までに退職の申し出をしなければならないという定めでした。そんな３か月後からの勤務で採用をＯＫしてくれる会社はなかなかありませんでした。探す余裕自体もなかったのですが。

人材会社の活動のこともよく知りませんでした。また、今と比べて転職マーケットはもっともっと狭かったです。結局、７月に入ってから日経新聞の人材募集広告を一生懸命見だしました。その中に次の勤め先となる大手居酒屋チェーンが人材募集広告を出していたのです。

「もうここしかない、居酒屋業界に飛び込もう！」

そう決断したのです。

募集期間内に拙い履歴書及び経歴書を作成して応募しました。

そして、土曜日でしたでしょうか……、京都から東京に出向き、東京郊外の先方本社で面接に臨みました。

②いざ居酒屋業界へ！

大手生命保険会社での24年半の会社生活を終え、次のチャレンジとして選んだのが居酒屋業界です。面接は何故か無事終わり、総務本部の副部長として採用されることになりました。

生命保険会社でのサラリーマン落伍者をよく採用していただいたと思います。感謝でした。

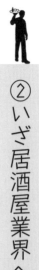

この居酒屋チェーン（T社とします）は業界でも大手で、多くの店舗を全国で展開していました。またオーナーが一代で築き上げられた会社でもありました。

銀行から、監査役として来られている方もおられました。そうした金融機関から来られた役員クラスの方が、「外部のしかるべき会社での勤務経験のある人を採用することで、つまり外部から居酒屋業界とは全く異なる業界の血を会社に入れることで、T社のカルチャーに変革をもたらしたい」とお考えになっておられたのです。そして、オーナーの了解を得て採用活動に踏み切られたのでした。

日経新聞の人材募集広告を見て応募した人たちの中から、ノブやんを含めて４名が同時に採用されたのでした。

またそういった人材募集とは別に、銀行からの出向者も1名同時に受け入れたのです。

２００３年10月１日の朝、前日まで京都で仕事をしていたノブやんは、東京の郊外にあるＴ社の本社にてＤＡＹ１（初日）を迎えることになったのです。

③え――――！　そんな勤務体系は聞いてないよ……

人事部門から勤務体系についての説明がありました。給与額については事前に確認していましたが、勤務体系についての説明は入社日までなかったのです。

ノブやんは世間知らずでしたので、当然本社勤務なので土日、祝祭日は休み、勤務時間は9時～18時（もしかしたら17時）と考えていました。

ところがです。説明を受けた勤務体系は、次のとおりです。

（1）週休1日制で土曜日か日曜日のいずれかのみ休みとする

（2）祝祭日は休みではなく出社。休む場合は有給休暇を取るように

（3）1週間の拘束時間は65時間（毎日約11時間勤務）

え――――！　と思いました。管理職（管理監督者）に対しては基本的に労働時間に制限

はなく、管理職に長めの労働時間を課すことが、管理職の会社に対する貢献度を高めることに繋がると考えておられたように思いました。

金融機関からの転職で、その差を更に感じてしまいました……。

えらいところに来てしまった……、ノブやんに勤まるのか、というのが正直な感想でした。

④やんちゃな過去を持つ人々

生命保険会社でも営業現場は海千山千の世界もあり、どろどろした世界もありました。しかし、居酒屋業界はまた違った意味で色々面白いところがありました。若い頃はやんちゃをしていたヤンキー（不良少年）でも、居酒屋チェーンでの正業に就いて後、その統率力といった隠れていた実力を存分に発揮する場合があります。

T社でもそういった人たちがおられました。居酒屋店舗の現場業務からスタートして、力を発揮して取締役まで昇りつめた役員がノブやんの知る限り2名おられました。ノブやんよりずっと若い方々です。

若い頃の暴走族でのやんちゃ癖が収まらず、正業に就かずに半グレの犯罪行為を行う輩も多い中、ちゃんとした正業に就いて頑張っている元ヤンキー連中は立派だと思います。

元ヤンキーにも拘わらずT社で役員に昇りつめたお二人は、常に非常に謙虚で腰が低い方々でもありました。人は志一つで変わることができるのだと勉強させていただきました。

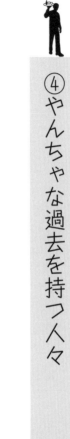

⑤居酒屋の総務本部での仕事

ノブやんの総部本部での仕事は、その頃既に全国展開していた多数の店舗の収益性の分析が中心でした。当時、減損会計という制度が始まり、営業赤字を続けている店舗については、その店舗への投資金額（改装・内装費等）を損失として計上しなければならないリスクを抱えていました。過去5年間の各店舗の収支を見て、「赤字が続いている店舗は減損（投資金額の損失計上）のリスクが高いので、閉店すべきである」といった提案を行っていました。それ以外にも店舗の分析を通じてどういう店舗が儲かっているか、どうしたら儲かる店舗になるのか、といった戦略についても提案を行ったりしました。

結構エクセルの操作を勉強し、エクセルを駆使して（例えば重回帰分析なども行い）、導き出された結果に基づき経営陣への提案を行いました。

一方で、本社勤務のスタッフに関しても、年末年始の店舗の繁忙期には、1週間、営業店舗での仕事に就く必要がありました（ヘルプと呼んでいました）。ノブやんも、

２００３年12月の年末に１週間、東京都港区新橋にある店舗にヘルプで入りました。
これがつらくも貴重な経験でした……。

⑥夜と昼の逆転生活はつらいよ……

東京都港区新橋の飲食店舗が多く入る雑居ビルの中の一つの店舗で、ホールの仕事（接客・注文取り・できた品の席までのお届けの仕事）が始まりました。

師走の年末、夕方の5時から朝の5時までが勤務時間です。

4時までに店に入り、準備して夕刻5時からのお客さんを待ちます。

「いらっしゃいませ！」

5時から11時頃までがサラリーマン中心のお客さんです。

膝をついての接客です。本当は「ハンディ」というポータブル機器にお客さんの注文を聞きながら打ち込むのですが、それがすぐにはできません……。

よって、まず紙に注文を記入し、その後に柱の後ろに隠れて、「ハンディ」に取った注文を入力します。「ハンディ」に注文を入力して初めて注文が調理場に飛ぶのです。つまり、調理場で注文がプリントアウトされるのです。

ノブやんは一生懸命働きました。しかし、ホールで働く若い人たちに比べて、当時47歳のノブやんは、圧倒的に中年オヤジです。「あのオヤジ、きっとリストラされてこの居酒屋で働いているんだよ」というお客さんの陰口が聞こえました。これを聞くのもつらかったね……。

途中で1時間の休憩を交代で取ります。「賄い」という食事をするのですが、従業員は通常料金の半額で食べることができました。

休憩が終わり、夜12時頃になってくると、お客さんの層が変わってきます。

それまでは一般の企業にお勤めの人が多いのですが、終電がなくなると、夜の商売のお客さんが仕事を終えていらっしゃるようになります。

店の雰囲気も変わってしまう感じがしました。お客さんの入り自体も少なくなります。しかし、朝の5時までが営業時間です。頑張らねばなりません。

お客さんが全員お帰りになる朝の5時に閉店です。店の掃除をみんなで行います。そして6時過ぎかな、「ああ漸く今日の仕事が終わった」ということで、仲間とコンビニでビールを一缶買って、コンビニの縁石に腰を下ろして、「ゴクゴク」と冷えたビールを飲みました。旨かったね。しばらくすると早朝出勤のサラリーマンがノブやんの目の前を通り過ぎ始めるのです。何故かとても複雑な気分になりましたね。

言い忘れましたが、実は初日に大便で詰まってしまったトイレの清掃をさせられました。「糞詰まり」状態の便器の奥深くまで手を入れて詰まりを取り除きました……。誰かがやらねばならない仕事です。拒否なんてできませんでした。でもトホホです……。

3日ほど経過すると昼と夜の逆転パターンにも慣れてきて、同じ店舗の連中とも休憩時間に会話が弾むようになりました。皆ノブやんよりずっと若いですが、多くの若手が夢を持って、その夢に向かって努力していました。そして生活の糧のために夜に居酒屋で働いていたのです。

⑦居酒屋で懸命に働く若手は偉いよ、捨てたもんじゃないよ

話を聞くと、彼らは各々、「お笑いタレントになりたい」「歌手になりたい」「劇団で活動していて上を目指してる」「プロボクサーを目指してる」といった夢を持っていました。昼間はそのための練習、稽古に励み、夜は生活の糧のために居酒屋で働くといったパターンです。また、店長のポジションにいる若手は、「3年ほど勤めて、お金を貯めて、将来独立して自分の飲食店をやりたいです」という夢を語る人でした。「普通のサラリーマンとは昼夜逆転の生活のため、昼間は睡眠、夜は仕事となるので、デートもできないです。単にお金を使えないので、お金は貯まります！」と明るく語る人でした。

店自体は夕刻から早朝までの12時間営業ですが、人によっては、5時～11時のシフトの人がいたり、11時～朝5時のシフトの人もいました。ノブやんは12時間通しての勤務だったので、両方のシフトの人と話ができました。お笑いタレントにしても、歌手にしても、プロボクサーにしても、その稼業でお金が十分に稼げる人たちはひと握りしかいません。それぞれの世界のピラミッドの上層部に辿り着かないと、その稼業で生活できるまでには至らないです。

そこがサラリーマンと異なるところだと思います。でもそんな厳しい世界でも、好きで飛び込んで努力しているのです。正直、可愛い人たちだと思いました。

「勉強して、良い学校を卒業して、一流企業に就職して……」といった道を目指す人たちでは決してありませんでした。でも、居酒屋で、注文間違えてお客さんに怒鳴られたり、酔っ払い客にからまれたりしながらも、夢のために懸命に厳しい環境下で働くその姿は、とても貴いとノブやんは思いました。そして、その夢に向かう姿勢に尊敬の念を抱きました。

夢を追いながら、居酒屋で生活のために懸命に働く人たちよ！

あなた方の夢がきっと叶いますように！

⑧折角一緒に乗船し船出したのに、みんな辞めてしまった……

仕事なのかプライベートなのか判断しづらい、月1回の自社店舗に対する覆面店舗調査もありました。

お忍びで夜に自社の色々な店舗に飲食に行き、接客や料理、清掃状況等ついて独自で調査し、調査結果をオーナーにレポートするのです。ポケットマネーでの飲食です。

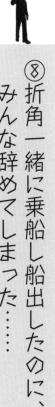

最初にノブ嫁を連れて、都内の某店舗に行きました。その時は、毎月ノブ嫁と居酒屋デートも良いかな、と思っていました。

ところが、最初の店でワインを注文したのですが、なんとワイングラスがしっかり洗われておらず、出てきたワイングラスに口紅の跡がついたままだったのです……。

ノブ嫁はぷんぷん怒ってしまい、「もうあなたの覆面調査には付き合わない！」となってしまいました。それ以降、居酒屋デートは皆無となり、たまにしか行けない少し高いお洒落な店での食事しか付き合ってもらえないようになりました……。

ノブやんは、致し方ないので、前職の知り合いや、プライベートの友人を誘っては、毎月様々な店舗で覆面調査を続けたのでした……。

そうこうするうちに、我々日経新聞の募集で入社した4人が、それぞれ色々なプレッシャーもあり、退職しだしたのです。一人、二人と辞めてゆき、結局1年経過した時点でノブやん一人しか残っていませんでした……。

折角一緒に乗船し船出したのに、みんな辞めてしまったのです。

居酒屋業界という独特のカルチャーが合わなかったのだと思います。

そして一人残ったノブやんも、結局転職を決意し、居酒屋業界から離れることにしました。周りの人たちには色々気を遣っていただき、親切に接していただいたので、とても申し訳ない気持ちでしたが、やはりこの業界で還暦まで働き続けるという決心がつきませんでした。

当時の周りの人たち、店舗で頑張っていた若者たち、ごめんなさい。でも、あなた方の幸せと発展は、今も祈っています。

最後に創業者の方に退職の挨拶に行った時のお言葉も忘れません。「お役に立てず申し訳ございませんでした」というお言葉でした。こちらの方が、忍耐力や適応能力のなさで退職するのに、創業者ご自身がノブやんに活躍の場を提供できなかったことのお詫びをされたのです。器の大きさに敬意を抱くと共に、雇用して使っていただいたことに感謝しました。

そして、次は外資系企業へ転職する決断を下したのです。初めての外資系企業での激務が待っていました……。次の転職以降の話は、続編の「流転編」にて書き綴りたいと考えています。

⑨追い抜かれていく悲しさと、それでも歩み続けること

この「天国と地獄編」の最後に、人生の悲哀と達観について書きたいと思います。

世のサラリーマン諸君、皆さんが会社にて日々業務を遂行する目的は何でしょう？

自分の生活の糧のため働く人、家族を養うために働く人、仕事がとにかく面白いので働く人、別の自分の夢の実現のために取り敢えず働く人……。

色々な事由があると思います。

ノブやんが入社した時は、会社で働くということの意味を深く考えずに、当然学校を卒業したらどこかで働くのだ、という固定観念の下、就職しました。

就職してからは、とにかく与えられた場で一生懸命に働いたつもりです。

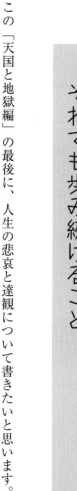

しかし、その最中においても、一体何のために働くかについては深く考えませんでした。

でも、いつの間にか、ポジションが上がることは良いこと、会社の中で出世することは良いこと、という考えが出てきました。そして、振り返ると、生命保険会社において、左遷させられるまでは順調に「Corporate ladder」（会社の中の出世の階段）を登っていたのです。

でも、左遷によって、一気に階段を滑り落ちてしまいました。

そして、その後、居酒屋業界への無謀（？）な転職をしてしまいました……。

この「天国と地獄編」を書き始めた頃（コロナが流行り始めた頃）、ノブやんは7回目の転職先である某不動産会社の子会社で、常勤の従業員が2名しかいない小さな会社のコンプライアンス担当者として働いていました。

一方で、生命保険会社勤務時代の同期の一人は社長になっていました。当時のノブやんの部下は専務になりました。昔、一緒に海外研修生人事について話し合いをした人事部の中堅だった人（後輩）は副社長になりました。

居酒屋業界に一緒に来た銀行からの出向の人は同社の取締役になっておられました。

外資系勤務時の部下は独立して社長になりました。ノブやんを外資系企業に誘って下さった先輩は2か所目の不動産運用会社の社長をされていました。

外資系企業で一緒の部屋で仕事をしていた人も既に別の不動産運用会社の社長になっておられました。

昔一緒に仕事をした人たちが偉くなってゆきました……。

当然、偉くならなかった人の方が多いはずですが、何故かノブやんが親しくしていただいた方々は皆出世して表舞台で活躍されたという感じがしてなりません。

でもノブやんは、天国と地獄を味わい、その後、職も転々とした御陰で、色々な知識と経験を積むことができました。これは本当に財産だと思っています。

ノブやんと同様に、会社の中で、サラリーマン生活の中で、おいてきぼりを食ったご同輩の皆さん、たまには友人に一杯差し上げながら、もしくは奥さんに一杯差し上げながら、辿ってきた人生を語り合いましょうよ。つらいこと、忘れたいこともありましょう。ちょっと自慢したいこともあったでしょう。そして、その後は、もう他人の人生と自分の人生を比べることは止めて、淡々と日々の仕事に励みましょう。下座の修行に勤めましょうよ。それも我々が色々な選択を繰り返した結果の人生であり、意義のある尊い人生であると思います。

これで、「青春編」に続いて執筆した『サラリーマン・ノブやんの奮闘記　天国と地獄編』の筆をおきます。

これに続く続編「流転編」では、度重なる転職、次々と行った自宅の売買と不動産投資の妙について記したいと考えています。

ノブやんも未だサラリーマンを頑張ってやっています。

世のサラリーマンの皆さん、出世においてきぼりを食らっても、理不尽な左遷を食らっても、下座の修行のような底辺の仕事と葛藤していても、お互い、この尊い人生を噛みしめながら生き延びましょうよ！

そして今の環境に対して「貴重な修行を給与付きで積ませて頂いている。ありがたい」と思えたら少し楽ですね。

世の中の悩める全てのサラリーマンに豊かな明日がありますように！

この『サラリーマン・ノブやんの奮闘記』の「天国と地獄編」に最後までお付き合いいただき、感謝致します。読者の皆様の明るい未来とご多幸をお祈り致します。

Many Thanks!
From Nobuya

著者プロフィール

村松 伸哉（むらまつ のぶや）

本名は秘密。

1956 年の大阪生まれ。

現在、東京都港区に住む。

京都大学卒業後に入社した大手生命保険会社を 24 年半勤務後に退職。

退職後は居酒屋チェーンや外資系企業を含め計 9 回の転職を繰り返し、様々な職務と人生の浮き沈みを経験。そして今も初老の現役サラリーマンとして下座の修行中。

ニューヨークでの 5 年強とシドニーでの 2 年半の不動産投資業務経験を通じて、海外でのビジネス交渉及び海外不動産投資に理解を深める。

中小企業診断士であり、CFP（Certified Financial Planner）でもある。

既刊書に『サラリーマン・ノブやんの奮闘記　青春編』（2020 年　文芸社刊）がある。


サラリーマン・ノブやんの奮闘記 天国と地獄編

2023年10月15日　初版第 1 刷発行

著　者　村松 伸哉
発行者　瓜谷 綱延
発行所　株式会社文芸社
〒 160-0022　東京都新宿区新宿 1－10－1
電話　03-5369-3060（代表）
03-5369-2299（販売）

印刷所　図書印刷株式会社

ISBN978-4-286-24497-6